ALEXÁNDER OBANDO

TEORÍA DEL CAOS

ediciones
lanzallamas

TEORÍA DEL CAOS

Colección Menard

San José, Costa Rica.
Correo electrónico: info@edicioneslanzallamas.com
www.edicioneslanzallamas.com

Juan Murillo y Guillermo Barquero, editores
Mónica Lizano, diseñadora de la colección
Gustavo Adolfo Chaves, revisión de texto
Víctor Rodríguez, imagen de portada: "Blue head"
Guillermo Barquero, fotografía del autor

CR863.44
O12t
      Obando, Alexander
      Teoría del caos / Alexander Obando –1a. ed.–
      La Unión, C.R.: Ediciones Lanzallamas, 2012.
      252 p.: 13 X 20 cm. – (Colección Menard 4)

      ISBN 978-9968-636-11-7

1. Cuento costarricense. 2. Literatura costarricense. I. Título.

Impreso en Estados Unidos

Para Giorgos Katsavavakis

El mundo entero no es sino nosotros mismos.

YANIS RITSOS

Tenemos fe en el veneno. Sabemos dar nuestra vida entera todos los días. He aquí el tiempo de los Asesinos.

ARTHUR RIMBAUD

The deepest shade of mushroom blue...

NINE INCH NAILS

I.

JINETES EN LA TORMENTA

LA BALADA DE
RIVER PHOENIX
(O CÓMO POSAR DE GAY
EN EL PARAÍSO)

Hollywood, the Dream Machine

REFRÁN HOLLYWOODENSE

River Phoenix (1970-1993)

Encendés el televisor en la madrugada. River
Phoenix acaba de morir. Pasan por tus labios
el recuerdo de un River copulando en los brazos de Keanu Reeves, una taberna, un bar de
moda, y la estrella de 23 años sale a la una

de la mañana para ir a otro lugar. No puede. El corazón baila "La consagración de la primavera" sobre un lago de coca encendida de múltiples colores. Las llamas se pegan y queman los trajes de las bailarinas que salen gritando por todo el escenario.

River el desafecto.

River el adolescente heterosexual y drogadicto.

River el adolescente que posa de homosexual y drogadicto.

La salida de la disco a la una o a las tres de la mañana.

Los fans están alertas a ver si pueden ver uno o dos centímetros de la carne del dios. ¡Ahí viene! Todos gritan. Las chiquillas lloran y saltan con su libretita de autógrafos en el aire mientras los chiquillos playos —a esa hora en franca mayoría— se marean de tener a un James Dean de 23 años frente a sus narices.

En una película de Gus Van Sant, Joaquín Phoenix es un adolescente tonto que es inducido al crimen para poder acostarse con Nicole Kidman. El muchacho suda y Nicole grita poseída sobre la blanca alfombra de oso polar. El muchacho suda y llora de alegría. Ella va pensando en cómo asesinar a Matt Dillon, el marido, porque todo esto es una trama de Van Sant.

River se acuesta con todos los que pasan a su lado: los hombres, las mujeres, los jóvenes, los viejos y hasta con su propia sombra. Sombra que no descansa cuando el emperador Cómodo se viste de negro y hay que seguir a la zaga de tan portentosa oscuridad. Pero ya no es River sino Joaquín el que posa de semi-dios emperador. Es Cómodo el que juguetea peligrosamente con su sobrinito de seis años, y es el emperador Cómodo el que lucha contra Russell Crowe gladiador y sale vencido (aunque Phoenix es un fénix y su figura está tatuada como un águila abierta en cruz sobre el pecho. Pero eso ya no sería River ni tampoco Van Sant).

River es el que se viste de campesinito holandés sin nada bajo el delantal. Limpia la casa de la loca compulsiva y luego se va a su cama por 100 dólares y un desayuno caliente.

Pero mientras la luna los cubre de sudor plateado, Joaquín escucha al Marqués de Sade hacer su confesión entre las barras de la Bastilla. Habla de Justine y de cómo se filosofa en el tocador. Menciona las *Ciento veinte jornadas de Sodoma* y luego sale al patio trasero a matar colegiales. Primero mata a las muchachas para no ser presa de su delirio ni de sus locos chillidos, y luego a los muchachos porque son más fuertes y aguantan más. (Pero, contradictoriamente —según la genética de moda— los hombres sentimos el dolor más intensamente que nuestras hermanas. Y por eso no estamos hechos para parir niños).

Y ya casi son las dos o tres de la mañana: River Phoenix sale de un bar (esta vez acompañado de su hermano y compinche Joaquín Phoenix) y cae muerto de un infarto fulminante. El corazón lleno de coca nieva una blanca Navidad sobre las losas de la calle mientras la policía llega y levanta una sumaria para luego emplasticar el cadáver. Dentro de su respingada nariz hay un gramo que no logró difuminarse. Dentro del gramo hay una estrella y en la estrella se ve a River llorando de soledad por las calles de Seattle: prometió amar a tantas nenas como pudiera, pero la gran meretriz, como siempre, fue la única que no le perdonó la vida.

River Phoenix se acuesta en los regazos de Keanu para hacer el amor en medio del desierto, pero a la mañana siguiente ambos muchachos niegan los cargos y los dos juran ser heterosexuales.

Entonces el cuerpo de Phoenix, después de ese poco gratificante evento, se va enfriando lentamente hasta el inevitable *rigor mortis*.

No queda más que la estatua de sal clásica, con la nariz respingada y su gramito de coca flotando entre los vellos de las fosas nasales. Una estatua de sal acerca de una leyenda de sal inconclusa.

San Juan del Murciélago,
2 de diciembre de 2005.

I WANT TO BELIEVE

I want to believe

Lema de unos afiches mostrando
la foto de un platillo volador

1.

—¡¡Alekis!! ¡Ya es hora!

La voz de la madre se oyó por todo el *court* de los apartamentos donde los niños jugaban. La mezcla de anglos, latinos y orientales —todos hablando en inglés— hacía de aquellas tardes de verano un pequeño jardín multirracial.

Alekis miró hacia el oeste. El sol ya estaba por ponerse. La madre entonces tenía razón. Debían ser por lo menos las ocho y veinte de la noche.

El niño se acercó al apartamento 29-75, el domicilio de su familia, para negociar una media hora más de juego con sus amigos, pero la madre estaba imposible de convencer. Una semana atrás el niño había tenido bronquitis, por lo que ahora sus horas de juego a la intemperie estaban estrictamente dosificadas.

Así pues, no hizo siquiera un segundo intento de pedir prórroga. Kelly Fleishman, Tommy Tanaka, Eleazar Sánchez y los demás chiquillos tendrían que seguir jugando escondido sin él. La única que se despidió fue Kelly, con un dulce:

—*Bye, Alekis. See you tomorrow.*

La madre vio aquel gesto con ternura, pero un cuarto de segundo después de la despedida ya estaba empujando a su vástago enfermizo para adentro.

A sus once años, Alekis no era muy amigo de las noches porque estas siempre le traían pesadillas. Si veía películas de Boris Karloff, se pasaba toda la madrugada soñando con Frankenstein o la Momia; o si por otro lado estas eran de vampiros, entonces la cara verdosa de Christopher Lee acechaba toda la noche con sus colmillos empapados de sangre joven. El niño se hacía para un lado y para otro de la cama hasta que su hermano o la madre entraban al cuarto a despertarlo. Alekis volvía a la realidad empapado en sudor y temblando; y muchas veces, incluso, no podía dejar de llorar.

La familia no sabía qué hacer con las pesadillas de Alekis. Primero le prohibieron ver películas de terror. Luego el consumo de cualquier alimento pesado después de las 7 p.m. Pero lo que el niño consideró genuinamente afrentoso fue cuando el hermano mayor también le confiscó su voluminosa colección de revistas de *Eerie* y *Creepy*, las mejores revistas de terror para jóvenes lectores que se podían conseguir por esos tiempos. El chico entonces tenía que conformarse con *La pequeña Lulú*, *El bebé Huey* y *Ricky Ricón*, todas revistas de humor, pero sin la garra y el jugo mental que se le podía sacar a una revista de terror.

Cuando su sueño fue un poco más apacible, su hermano le devolvió la colección de súper héroes. Así, *Supermán*, *Los cuatro fantásticos* y *Batman* volvieron a su estante de privilegio. Pero las de terror seguían confiscadas.

Alekis empezó a merodear la biblioteca del hermano —nueve años mayor que él— donde encontró verdaderas joyas para un niño de su edad: *Todo lo que usted quería saber sobre el sexo (pero temía preguntar)*, *El retorno de los brujos*, *El mono desnudo*, *La Enciclopedia Británica*, *Demian*, *Cartas del desierto*, *Historia del Japón*, etc., etc. La mente del muchacho entonces se llenó de travestidos con zanahorias en el ano, quemas de brujas en Salem, la era de los shogunes versus el mikado y teorías sobre la vida sexual de los suecos. También aprendió mucho sobre los diferentes tipos de menorrea en la mujer, la diferencia entre un culto satánico de San Francisco y uno de Nueva York, y cómo saludar y despedirse en japonés.

El hermano mayor lo vio mejorar sustancialmente.

—¿No estás viendo la sección prohibida de la biblioteca, verdad?

—Claro que no —se apresuró a contestar Alekis—. Ni siquiera la entendería.

—Por supuesto —continuó el hermano—. Esas son cosas para adultos.

Pero a pesar de los supuestos avances, al poco tiempo volvieron las pesadillas.

Una noche soñó que un hombre travestido de Marilyn Monroe lo perseguía sosteniendo en la mano un pepino lubricado. Otra noche fueron los samuráis enemigos que lo buscaban en la oscuridad de un bosque cerca de Kioto. Algunos sueños se repetían con frecuencia, como el de orinarse accidentalmente durante una ceremonia japonesa del té o enamorarse de una chica sueca que resultaba ser una psicópata rusa. Otros sueños eran una mezcla de elementos diversos. Una noche el Dr. Reuben, autor de *Todo lo que usted quería saber sobre el sexo,* presidía una ceremonia satánica en San Francisco, y Alekis, por supuesto, era la víctima sacrificial designada.

Y luego estaban las pesadillas aisladas, aquellas que sucedían solo una vez. Una madrugada especialmente turbulenta, su hermosa noviecita sueca se desenroscó la cabeza y debajo del disfraz apareció la cabeza de Boris Karloff en su papel de La Momia. Así que, lejos de dejar de tener pesadillas, estas crecieron en variedad y número. El pobre Alekis estaba solo con sus múltiples sueños en tecnicolor.

2.

Al cumplir los doce años, el niño pidió como regalo de cumpleaños que le devolvieran su colección de revistas de terror.

La madre y el hermano conferenciaron brevemente y por fin decidieron devolver las revistas a su dueño. El chico no había mostrado mejoría sustancial sin las revistas, así que no encontraban nada de malo en devolvérselas.

Esa noche, después de una fiesta llena de Coca Cola, confites y mucho queque con helados, Alekis se echó sobre su cama para ojear una vez más su preciado tesoro.

Esa madrugada tuvo las peores pesadillas de su vida, pero no le importó mucho. Gracias a las lecturas de la biblioteca de su hermano, Alekis ahora sabía que esas no eran en verdad sus pesadillas sino las de otros señores muy famosos. Y como no eran sus pesadillas, podía navegar a través de esos bosques sin miedo a encallar, porque Alekis había aprendido una cosa muy importante:

cuando se sueña una pesadilla propia es peligroso, pero cuando se sueña una ajena, es solo como ver una película. Y estas películas en forma de caricatura que él leía en revistas como *Eerie* o *Creepy* eran de dos señores muy antiguos y ya muertos. Uno se llamaba Poe, el otro Lovecraft.

Alekis nunca le volvió a tener miedo a las pesadillas. Y con el tiempo, hasta aprendió a querer las propias.

San Juan del Murciélago,
Miércoles 21 de septiembre de 2005.

EL ÚLTIMO SUEÑO
DE JACK LONDON

Jack está acostado en su cama desde el jueves. Si bien él ha ayudado a establecer la prohibición del alcohol en el estado de California, muchos creen que está muriendo de alcoholismo.

Pero es improbable: desde hace mucho tiempo Jack London es abstemio.

La ironía más grande es ser el escritor estadounidense que más ha viajado a regiones inhóspitas (Alaska, El Yukón, los mares del sur) y ahora estar postrado en una cama desde donde escribe y escribe artículos, cuentos y novelas. Más de cincuenta libros habrán de salir de su pluma antes de que expire.

Los lobos están aullando esta noche.

Jack remoja su pluma en el tintero y sigue escribiendo el relato acerca de un anciano atrapado en su cabaña. Está en el altillo con su nieto adolescente. Ambos se calientan las manos en una estufilla mientras oyen aullar los lobos afuera. Algunos ya se han trepado al techo, labor que se les ha facilitado por la acumulación de nieves fuera de la cabaña. Han llegado hasta la misma chimenea, la parte más débil del techo, y han empezado a escarbar con garras y colmillos. El anciano se calienta las manos y luego mira hacia el techo. Se calienta de nuevo las manos y mira a su nieto que está muy asustado. El anciano también, pero pone cara de indiferente para no asustar tanto al muchacho. Este le pregunta al viejo si los lobos podrán entrar. El anciano le miente diciéndole que eso es poco probable. El chico se calienta las manos y vuelve a ver hacia el techo. Se vuelve a calentar las manos y mira la cara impávida de su abuelo.

Jack vuelve a remojar la pluma en el tintero y mira por la ventana. Frente a su casa hay una gasolinera. Un carro se ha estacionado junto a una de las bombas y una mujer delgada y de ropajes largos, una monja, se apresta a sacar combustible para su vieja vagoneta. Otras dos hermanas esperan dentro del carro.

London ve aproximarse un lobo a unos cincuenta metros de la vagoneta. Quiere avisarle a las monjas pero algo lo interrumpe: los lobos en el techo ya han escarbado un pequeño hueco. Uno de ellos mete el hocico y les gruñe ferozmente al anciano y a su nieto. El chico se pone de pie, coge el palo de una escoba y le da fuerte a la nariz del lobo. El animal gime de dolor y desaparece. Por el momento se han deshecho de él. Sin embargo, el hueco en el techo ya es un poco más grande. En cualquier momento otro animal asomará el hocico y quizás hasta la cabeza entera.

Un hombre se ha dado cuenta del lobo que se asoma a la vagoneta de las monjas. Coge su escopeta y sale de la oficina de la estación gasolinera. La monja lo ve venir con la escopeta alzada y se asusta. Cree que la está amenazando a ella. La monja le explica que ya le iba a pagar pero el hombre pone una cara de agresividad que asusta más a la religiosa. El vaho del aliento de otro lobo se asoma por el hueco. Esta vez el abuelo ha tomado un azadón de hierro y está dispuesto a deformar al próximo lobo que asome el hocico. El muchacho respira con ansiedad. El hueco se agranda.

London sigue aterrado viendo cómo el lobo se aproxima a la vagoneta de las monjas.

De pronto, un disparo y un estallido. La escopeta le ha disparado a un hermoso ejemplar de lobo plateado, pero el disparo no dio en el blanco. Ha pegado en el concreto y echado chispas. Estas, a su vez, han encendido un charco de gasolina en el suelo. El fuego se esparce rápidamente.

El lobo plateado ahora asoma el hocico por la abertura del techo. Jack queda impávido al ver que las llamas han agarrado el hábito de la monja en la gasolinera. La mujer sale corriendo encendida como una antorcha humana; y los lobos a su paso, también asustados, salen corriendo.

Otro lobo se acerca a la gasolinera.

El hombre apunta de nuevo.

Dispara.

La habitación de Jack tiembla ante el gran estallido en la gasolinera. La ventana se hace añicos y el escritor debe cubrirse la cara con los brazos para no ensartarse un vidrio en un ojo. La pluma se le cae de la mano y le mancha el camisón de dormir. El lobo plateado logra ensanchar el hueco lo suficiente y entra a la cabaña como un rayo de plata. Cae sobre el cuello del muchacho antes de que el abuelo pueda reaccionar. Cuando este levanta el azadón para matar al lobo plateado entra uno gris por el hueco y cae sobre el anciano. Hay una aspersión de sangre. Los lobos, el plateado y los grises, quedan manchados de rojo, especialmente el hocico, que han usado para hurgar en los cuellos de sus víctimas.

Ahora empieza el verdadero festín.

Jack se quita los vidrios de encima apenas a tiempo para ver que la vagoneta de las monjas también ha prendido fuego. La segunda explosión que oye el escritor es el tanque de gasolina de la vieja furgoneta. Jack se fija por la ventana y ve a las dos monjas dentro del carro derritiéndose como muñecas de cera.

Vuelve su mirada hacia adentro y se encuentra con el lobo, el hocico rojo de sangre fresca, acechando en el borde de la cama.

Jack pega un grito pero no es suficiente. El lobo cae ferozmente y en unos cuantos mordiscos de hierro, le arranca el brazo que le protegía la cara.

Ve los ojos amarillos de la fiera y de repente le parece reconocer algo suyo.

Esa misma noche, Jack London muere en medio de intensos dolores en su rancho de Glen Ellen, California.

San Juan del Murciélago,
21 de septiembre de 2005

II.

REALITY SHOW

LA VIDA CON ZOE

They named me Zoë because
Zoë means 'life' in Greek.

FRANCIS FORD Y SOFÍA COPPOLA

1.

Zoe apagó el televisor con una amplia sonrisa que iba desde el extremo de un pecoso cachete al otro. Su apariencia de niño de quince años se marcaba aun más por esta extraña pero hermosísima característica de tener pecas por todo lado... bueno, casi todo lado.

Francis Ford Coppola había hecho mucho por agrandar esta noche el ego de mi amigo... ¡qué digo!... mi amante, porque desde que nos conocimos estábamos juntos en la cama.

Zoe se fue con gesto perezoso al baño. Ya sabía yo a lo que iba. Cada noche pasábamos por el mismo ritual. Un paño en la cabeza —perdón, quise decir "toalla"—. Él sentía mucho orgullo por su nacionalidad y se había comprometido consigo mismo a enseñarme a hablar como una madrileña. Claro que él tampoco hablaba bien el "madrileño", pues siendo éuscaro su castellano estaba plagado de giros vascos. Como fuera el caso, el muchacho pronto saldría del baño con tres paños: uno en la cabeza como un jeque, otro en la cintura sin cubrirle del todo los genitales y un tercero con el que primero me latiguearía un rato (le fascinaba escucharme ahogando gritititos en la almohada) hasta que por fin, en el clímax de la sesión S/M, usaría ese mismo paño y, remojándole las puntas con su saliva, me iría limpiando, acariciando y besando las zonas más enrojecidas.

—Ya ves que Coppola tiene razón —me dice con su acento pastoso—; la vida sin tu Zoe no tiene sentido.

Y me sigue curando y ensalivando como una viuda a su consolador.

Después de eso el jeque se volvía un cachorrito con el que yo podía jugar a mi antojo.

Yo recordaba, por milésima vez, las sesiones de Victoria Abril y Jorge Sanz en *Amantes*, y esperando que la relación no terminara como había terminado en esa película, enseñaba a mi Zoecito, a mi amante de bolsillo, a ser tan receptivo como bien era activo. La sesión siempre debía tener una variante, y esta noche el cambio era un truco de la película de la Abril. Compré un pañuelo rojo de seda, como esos que las mujeres antes usábamos para ir a misa, y lo remojé desde dos horas antes de la sesión en aceite de oliva.

Cuando Zoe vio lo que le iba a hacer casi se muere del susto.

—¡Oye, tía, que me vas a hacer marica! —decía con un tono de temblor en la voz que no hizo más que excitarme más de lo que ya estaba.

Acosté a mi amante en posición de perrito y luego, poco a poco, con muchas caricias y muchos besos, fui introduciendo, centímetro a centímetro, el pañuelo en su ano receptivo. Le dije que se tocara y se masturbara un poco mientras el pañuelito rojo iba desapareciendo en su nuevo estuche también rojo. Cuando terminamos, Zoe sudaba y cada unas de sus hermosas pequitas parecía encendida. Luego, mientras él me penetraba y me hacía el amor con sus vaivenes de ternura y rudeza, yo le fui sacando el pañuelo poquito a poco hasta que al llegar él a su orgasmo yo le jalé el resto del pañuelo violentamente y Zoe, mi cachorrito, gritó como un animal enorme herido de muerte. Cayó sobre mis pechos mezclando su sudor con el mío y luego se puso a llorar.

Me asusté un poco y le acaricié la cabeza como una madre comprensiva. Finalmente dejó de echar lágrimas y me dijo quedito, casi inaudible:

—Tía, ha sido el mejor polvo que jamás me han echado.

Pasé dos semanas sintiéndome muy poderosa. Mi amante no dijo "que me he echado" sino "que me *han* echado". Esos días anduve con el falo freudiano, si es que existe, bien crecidito.

2.

Zoe y yo nos habíamos conocido en una calle de Pamplona. Yo entré al Café Moldava, regentado por una amiga española que había vivido buen tiempo en Costa Rica. Marisa estaba como si seis años no hubieran pasado. Siempre madurona, pero muy guapa. En Costa Rica ella había sido dueña de un prostíbulo muy chic llamado La Casa Olé, pero ahora se consideraba oficialmente retirada del negocio aunque no había dejado ciertas costumbres, la más común y frecuente de ellas putear, pero no en el sentido machista sino feminista. A Marisa le encantaba pagarle a prostitutos sementales para darse con ellos una buena revolcada. "Cerda que es una" me había dicho una vez la ex-madame en medio de su delirio por los hombres de alquiler. Las dos nos habíamos hecho buenas amigas al darnos cuenta también que teníamos los mismos gustos. Nos gustaban jóvenes; de hecho, muy jóvenes y ojalá de baja estofa.

—¡Ay, qué divinas las dos! —había comentado Zulema de Montealegre, una amiga popof a la que también le fascinaba pasar las vacaciones en la Riviera o Portugal con un "caballero de compañía", como ella los llamaba. Pero por detrás la muy viperina nos comía enteritas.

—Yo te soy sincera —le había dicho a otra amiga—, una está muy vieja pero es de buena familia. Si a mí me pescan con un amante, que sea con un Marlon Brando o un Jean-Paul Belmondo, jamás con la crápula de chapulines con que se revuelcan esas dos.

Pero a mí nada de eso me hacía mella. Desde que Marisa me había contado la triste historia de Edith Piaf, yo aprendí a llevar mi estigma de "sátira" con la frente muy en alto.

Resulta que Edith tenía épocas de intenso alcoholismo y una furiosa ninfomanía, y en esas épocas nadie la visitaba, salvo su amiga Marlene Dietrich. Edith estaba en silla de ruedas. Por eso Marlene salía a la calle a conseguirle carajillos, a veces hasta diez o quince en una sola tanda. Todos esperaban en la salita donde Marlene los entretenía dándoles licor mientras iban de uno en uno al dormitorio de Edith a hacer el amor con ella. Después de satisfecha, Marlene la ayudaba a bañarse y, si algunos de los carajillos se quedaban, hasta había una pantomima de fiesta familiar. Digo pantomima porque aquello parecía una reunión de las tías ricas con sus sobrinos quinceañeros. No que Marlene o Edith fueran ricas, al contrario. Edith estaba pasando épocas de muerta de hambre donde solo recibía la ayuda de su amiga. Y Marlene, aunque no tenía mucho, era pródiga con el *Gorrioncito de París*. Suerte para la Dietrich que a Edith le gustaban en edad escolar, pues antes era al revés que ahora: entre más jóvenes, eran más baratos.

Y bueno, así fue como Marisa y yo adquirimos el remoquete de "las chapulinas", simplemente porque nos gustaban jóvenes y de dudosa procedencia, y lo que es Zoe, hay que confesarlo, era de la procedencia más dudosa que se pueda imaginar. Su madre había sido prostituta, pero dejó el oficio después de que su tercer hijo nació. Los tres muchachos no sabían quiénes eran los respectivos padres y la madre, para pesar de ellos, tampoco lo sabía. Como resultado, los tres se criaron en los barrios pobres de Pamplona y desde jóvenes aprendieron a hacer lo que fuera con tal de procurarse sustento.

Zoe había llegado un par de veces al café de Marisa a la caza de alguna mujer madura solitaria. Estaba poco entrenado en algunas cosas porque, a pesar de todo seguía siendo muy joven —veinte años— pero Marisa lo había tomado bajo su ala protectora y de vez en vez contactaba al muchacho con alguna clienta potencial.

Ese era el panorama cuando yo llegué a Pamplona. Estaba buscando a un escritor de apellido Veidi, amigo a su vez de uno de mis más cercanos amigos, Sergio Matamoros. Los dos hombres se habían conocido en Costa Rica y mantenían estrecha comunicación por Internet. Sin embargo, Veidi había dejado de escribir de la noche a la mañana hacía ya un par de meses. Todos los contactos en Pamplona me habían resultado nulos. Incluso Marisa —una de las mujeres más bien informadas de la ciudad— no tenía la menor idea de qué había pasado con el encantador Camilo Veidi.

—Es que un chaval tan guapo y tan bien conectado no desaparece así porque así —decía Marisa con algo de tristeza—. Para mí que esto es un asunto político. No me extrañaría si Camilo estuviera metido con los etarras.

—¡SSSSShhhhh! ¡Calla, mujer, que te pueden oír! —había dicho Zoe nervioso y mirando para todo lado con miedo.

—Mira, polluelo, a mí no me vengas con eso que yo venía de vuelta cuando tú apenas ibas, ¿vale?

—Vale, tía, pero mejor dejamos el asunto, ¿eh? A mí todo esto me está poniendo los pelos de punta.

Y esa tarde, estando los tres sentados en una mesita del Café Moldava, fue cuando me empecé a dar cuenta que las pecas encendidas de Zoe me llamaban la atención de una forma brutal. Estaba pasando una época triste de mi vida: dos de mis hijos estudiando en el extranjero y el tercero enojado conmigo por cosas que no voy a mencionar aquí. Zoe cayó entonces como un baldazo de vida en mi vida, o debería decir, como un baldazo de vida en mi casi muerte. Ya tenía yo seis años de divorciada, mi ex esposo y yo solo hablábamos por asuntos de plata o de los muchachos. Pero mi pedacito de vida de repente me catapultó de nuevo a la adolescencia y por eso es que me lo traje a Costa Rica.

Su conducta siempre me daba nuevas sorpresas. Primero fue robarme plata para luego devolvérmela en flores (yo le llamaba a eso *el truco florido*) y luego fue el sexo primitivo, salvaje, y esa absoluta disposición a probarlo todo: el gallopinto, la chicha, los plátanos maduros y hasta los huevos de tortuga (por cierto, difíciles de conseguir por estas épocas). Creo que si le hubiera pedido que tuviera sexo con otro hombre, lo habría hecho, solo por complacerme. Y eso era lo más hermoso de Zoe: su manera de aceptarlo todo como si fuera un niño de diez años ávido de aprender. Y ese Zoe, el sumiso apasionado, era mi predilecto de todos los Zoes que había en él.

3.

Dos semanas después del polvo-maravilla apareció en escena uno de los Zoes que yo no conocía; era el Zoe mentiroso, pero de buena manera. Le había dicho a su madre que estaba en trámites de irse a Chile para intentar conseguir una buena posición. Yo recibí la postal materna donde lo encomendaba a la Virgen y le pedía que se cuidara.

No sabía a cuál de las dos le estaba mintiendo. Si era a mí, entonces ya estaba por dejar el nido, y si era a su madre, pues resultaba más o menos natural no mortificarla confesándole que había heredado la vieja profesión familiar.

Esa noche le entregué la postal a Zoe y eso acabó con el calor erótico del momento.

Se fue al baño y tiró la puerta de un reventón. Luego se cagó en la hostia como ochenta mil veces y se puso a llorar.

Al rato salió del baño, se sentó a mi lado y me acarició. Yo permanecía a la expectativa de saber para quién era la mentira.

Después de unos besos y unas caricias me contó la verdad: hacía poco había conocido a una carajilla de su misma edad, una brutita de la U.C.R. que había caído rendida ante su particular impostación del acento madrileño. El problema que tenía ahora Zoe es que se sentía hecho mierda por encontrarse exactamente en la posición en que estaba: había tres mujeres importantes en su vida: su madre, su amante y la sorompa de la U, y a las tres les había mentido.

Creo que lo que más me sedujo esa noche fue la actitud del muchacho, su verdadera falta de cinismo ante los errores que había cometido. Le ofrecí salir del enjambre de mentiras en que se había metido con un regalo: yo le obsequiaba ochocientos dólares y él decidía qué hacer con ellos. Podía utilizarlos para un boleto de vuelta a Pamplona, uno para Santiago de Chile o vivir unas semanas más en San José con la universitaria. El optó por volver a su tierra.

La mañana en que lo dejé en el aeropuerto de nuevo lloramos juntos. Más de uno habrá pensado que una madre dolida estaba despidiendo a su hijo. No me importó, como no me había importado vivir con él cuatro meses de mi vida. O de nuevo debo corregirme: viví cuatro meses con él la verdadera vida.

Zoe toma su maleta de mano y empieza a alejarse por el pasillo.

Ya no lo veo más.

Salgo del aeropuerto al tráfico alajuelense de las diez de la mañana, y de verdad puedo decir como Rimbaud:

La vrai vie n'est pas ici.

San Juan del Murciélago,
27 de setiembre de 2005.

LA MISMA CANCIÓN
DE SIEMPRE

Para J. H., por haberme contado
parte de esta historia, y
para Germán Hernández,
primero en escucharla.

Toqué sin estar seguro de que este fuera el apartamento. El edificio olía a humedad y lo más probable era que el agua se metiera por las rendijas
en invierno.

Me había costado conseguir la dirección porque Chris, aun en sus buenos tiempos, era peor
que un ermitaño. No dejaba dirección, nadie sabía
su teléfono y en la última universidad donde tra-
bajó ni siquiera quisieron hablar conmigo cuando
les pregunté por él. Tal parece que mi amigo se

había vuelto un verdadero anatema, y esto de verdad me molestaba. Si alguna vez Chris había sido un peligro, la única víctima posible era él mismo. Hombre culto y decadente, mi amigo Chris Bone era amante del tabaco oscuro, el buen whisky y las mujeres hermosas. Su otra pasión era casi un producto colateral de estas tres: porque en noches de frío y soledad, Chris, seguro acompañado de dos de sus pasiones, también era buen poeta. Nunca había querido publicar nada, pero en su apartamento o dormitorio de universidad siempre tenía guardados unos cuadernos donde de vez en cuando escribía poemas.

Insistí de nuevo en la puerta pero no hubo resultado. No estaba seguro si esta era la dirección correcta, y de serlo, tal vez Chris no estaba. Podía estar dando clases o quizás andaba de compras.

Toqué la puerta una tercera vez por si acaso.

Nada.

Toqué una cuarta vez. Primero no hubo respuesta, pero un segundo después oí su voz:

—¡Por favor, váyase!

Quedé atónito, pero reaccioné rápidamente:

—Chris, soy yo, Bill Hodges.

—¿Bill Hodges?

La voz sonaba emocionada, o al menos a mí me lo pareció.

Oí el ruido de un pie o un brazo golpear una botella que rodó por el piso, luego una caja, o algo parecido, que era arrastrada una cierta distancia. Chris volvió a hablar.

—Espérate un momento.

Y así fue. Dos o tres minutos después, un hombre ojeroso y barbudo me abría la puerta de su cuchitril: era Chris Bone.

La primera impresión que me dio fue la de un espantoso envejecimiento prematuro. Chris parecía veinte años más viejo de los años que debía tener. Un poco de canas en la frente le daba la apariencia de un niño envejecido. Me pasó adelante con un gesto de la mano. No hubo abrazo u otro rasgo de emoción más que un débil apretón de manos.

—¿Qué haces por estos lados? —preguntó en un tono casi distraído.

—Me detuve en la ciudad para verte. Costó encontrarte, hermano.

—Sí, pues no salgo mucho estos días.

Sin dar ninguna otra indicación, se sentó en una destartalada silla junto a la mesa. Los viejos libros de antes aparecían por todo lado: Marx, Shelley, Milton, Marcuse. Su cuarto parecía una antigua compra y venta más o menos entreverada con elementos domésticos: un viejo *coffeemaker* junto a la pila, unas ollas (creo que sucias), vasos a medio vaciar y sobre todo un enorme arsenal de botellas vacías: Johnny Walker, Robbie Duh, Old Parr, White Horse y hasta *bourbon* de tercera. La marca era definida por las posibilidades del bolsillo. Hoy tomaba etiqueta negra, mañana un rasca gargantas de marca desconocida. En eso era genio y figura hasta la muerte. Sus compañeros de generación decíamos que Chris había sido herido desde joven por el ángel del alcohol, y hoy me parecía que ese ángel no sabe perdonar: sus estocadas siempre son fatales.

Chris me indicó una silla cercana y me preguntó si quería café o algo de *bourbon*. Le dije que no. En verdad me daba miedo alterar el delicado equilibrio de esa habitación. Un libro o una botella que se corriera más allá de lo necesario y el mundo de Chris Bone se iba a pique.

Su tos de fumador le recordó su otro amigo y de inmediato sacó unos viejos cigarrillos de la bolsa de la camisa. De nuevo me ofreció y yo le mentí diciéndole que no fumaba.

Le conté que había tratado de encontrarlo por medio de la universidad y de cómo me habían tratado al preguntar por él.

—Esa gente no me quiere, Bill. De veras me jodieron, hermano.

Luego empezó una conversación casi alucinada de cómo una alumna lo había acusado de hostigamiento sexual y del juicio de intramuros por el que había pasado. Fue despojado de todos sus honores y privilegios como profesor de literatura inglesa. Lo único que le quedaba ahora era una ínfima pensión del *welfare* y un ocasional trabajo como profesor de inglés en algún *college* de barrio pobre.

—Lo peor de todo, Billy —me dice con una mirada intensa—, es que nunca la toqué. La gran perra me armó todo el escándalo porque no la quise ayudar con las notas.

Se volvió hacia la ventana y tosió un poco. Los ojos se le habían puesto rojos, pero estoy seguro de que no había sido por efecto del humo. Quise entonces cambiarle rápidamente el tema y me acordé de su poesía.

—Oye, ¿sigues escribiendo poemas?

Sonrió levemente y me volvió a ver con algo de tristeza.

—¿Estás seguro de que no quieres un trago de *bourbon*?

Ya no me podía negar. Cuando Chris ofrecía licor una segunda vez era porque la conversación iba a ser intensa.

Lentamente sacó un vaso de un estante y me sirvió una porción generosa.

—Sabes, Bill —me decía mientras se servía él también un poco de *bourbon*—, yo le vendí el alma al diablo. Hace exactamente quince años que sucedió.

Su pulso temblaba un poco, pero sus palabras eran firmes y exactas.

Estaba en Haley's, un bar concurrido del barrio universitario. La noche anterior había tomado mucho, por lo que ahora tenía una goma terrible y poco dinero. Estaba corrigiendo algunos de sus poemas cuando se le sentó un chico a la par. Era uno de esos jóvenes roqueros que a veces tienen una relación putativa con la poesía.

—Un rollo psicológicamente relacionado con el síndrome de Jim Morrison —me aclaraba Chris con algo de humor.

Pues bien, el muchacho se interesó por lo que Chris escribía y estuvieron hablando de poetas y leyendo algo del trabajo del profesor. De repente el muchacho se quedó congelado en medio bar. Tenía un poema de Chris en la mano y empezó a leerlo con un aire de profundo misticismo. Tan pronto terminó, le preguntó al poeta a quemarropa:

—¿En cuánto me vendes este poema!

Chris no supo qué contestar y respondió solo por seguirle la broma al chico:

—Trescientos dólares.

—¿Me esperas un momento?

—Claro —contestó Chris, quien estaba convencido de que todo era una broma—. Tómate tu tiempo.

El chico salió apresuradamente del bar y Chris siguió su trabajo de corrección convencido de que nunca vería otra vez al roquero.

Media hora después, el muchacho estaba frente a Chris.

—Aquí están los trescientos dólares. ¿Todavía tenemos un trato?

—¡Claro que sí, si tú quieres! —respondió Chris, incrédulo.

Pues bien, esos trescientos dólares se fueron en dos semanas de juerga y licor.

—Sabes que el chico y su grupo se hicieron millonarios, ¿verdad?

—Algo he oído —respondo con cautela.

Sería muy cruel recordarle a Chris que su poema se convirtió en una canción que le reportó a sus dueños ganancias millonarias y un lugar prominente en el mundo de la música *pop-rock*.

—Y bueno —dice Chris como queriendo cambiar el tema—, cuéntame de ti.

Y le relaté algunas de las minucias de mi vida; que Karen y yo nos habíamos ido a vivir a Costa Rica; que ambos trabajábamos en un centro binacional como profesores de inglés; que el país era hermoso pero los salarios eran muy bajos. Y le seguí hablando de las bellezas naturales del pequeño país hasta que pude notar un cierto dejo de aburrimiento en la cara de mi viejo amigo.

Hice entonces lo que uno siempre hace en estos casos: se inventa un compromiso que se tiene más tarde y se disculpa con el anfitrión. Él quizás sabía que yo estaba mintiendo, pero era mejor así.

Me dio otra vez la mano con cierta suavidad y me acompañó hasta la puerta. Intercambiamos correos electrónicos y ambos prometimos escribirnos pronto.

Ya en la puerta, Chris me hizo la pregunta de rigor:

—¿Te gusta la canción?

—¿Cuál? ¿"Dust in the Wind"?...

Iba a continuar pero Chris no me lo permitió.

Antes de que yo respondiera, mi amigo de juventud ya estaba cerrando poco a poco la puerta.

San Juan del Murciélago,
21 de septiembre de 2005.

EL NUEVO MIEMBRO

Para Felipe Granados

1.

Alfonso levantó la última botella de Bacardí oscuro y, sin levantarse de su cómodo sofá, fue repartiendo tragos de vaso en vaso. El único de pie era Potemkin, muy ocupado en bailar "Whole Lotta Love" y mover su larga cabellera para un lado y para otro, a ratos como los pesados brazos de un orangután, a ratos como el suave fustán de una *bailaora*. El asunto es que se servía de su melena como Sor Bertrille de su tocado en forma de alerones para volar a donde quisiera. Por eso no estuvo presente en la última repartición de los dones celestes.

Cuando atravesó a zancadas los tablones del piso del amplio salón y llegó a su puesto en la mesa, de repente cayó en cuenta que era el único que quedaba seco.

—Maes, ¿y mi trago? —dijo mirando incrédulo a diestra y siniestra.

—Salado, Potem —repuso el gordo Osvaldo desde los almohadones de su propia obesidad—. Repartimos porciones justas pero usted estaba de aquel lado del salón en un puro sobo con Robert Plant.

—Maes, no es justo...—iba a seguir arguyendo Potemkin, pero de repente tuvo encima la mirada de los demás.

Ya conocía bien las reglas del juego: se servía a quienes estuvieran en su lugar a la mesa. Los demás eran "cristeros" indignos de libar. Pero Potem no era ningún tonto. No solo conocía las reglas sino que también sabía cómo sacarles provecho sin menoscabarse a sí mismo o a toda la secta.

Dejó que pasaran siete estratégicos minutos y luego dijo:

—Compas, creo que es hora del culto.

Todos lo volvieron a ver un poco extrañados.

—Mae, son las dos y media de la mañana —comentó Fico, no sin algo de enojo—. ¿Dónde putas vamos a conseguir libación a esta hora?

Y antes de que Potemkin contestara, Osvaldo metió la pata:

—Maes, Cinco Esquinas es mi territorio. Yo creo que el roco de la esquina nos puede vender algo. Así es que vayan soltando mosca.

Y todos los presentes fueron sacando plata de donde pudieron. Del zapato izquierdo, del brasier, de la secreta del pantalón y uno que otro hasta de una vieja y lullida billetera que ya no daba para más.

Rónald, como siempre, fue el que dio más, no solo al poner plata sino también al traer su colección de música —peligrosa bondad— para que los maes del salón la vieran y pusieran lo que les entrara en gana. A los dos días, cuando toda la vara había terminado, el compita se llevó su colección para Cartago bastante más incompleta de lo que había llegado.

2.

Osvaldo salió al frío de la madrugada con Alfonso a ver si los maes de la esquina les vendían un par de botellas más de Bacardí.

Lo primero que oyeron a través de la ventana fue: "¡Mañana! Ya está cerrado." Osvaldo entonces se identificó como vecino y le lloró un toque al dueño. El otro, un catracho de apellido Juárez, dijo algo entre dientes y le abrió de mal modo.

—Mirá —le aclaró—, ya es muy tarde. No es para que se me paren o se me sienten fuera del negocio a tomar. La última vez que les vendí se sentaron en el caño y me cayó la ley.

Osvaldo entonces le explicó, mintiéndole, que no habían sido ellos, pero el catracho no se comió la chana. Puso las dos botellas en el mostrador y luego las fue arropando cuidadosamente en una plana de papel periódico. Osvaldo aprovechó la debilidad del catracho Juárez para pedirle también dos *six-packs* de cerveza y dos paquetes de Derby.

Tan pronto Osvaldo y Alfonso salieron del negocio el catracho cerró con un portazo al que Alfonso respondió con un sarcástico "Gracias, nos vemos mañana". Luego los dos amigos abrieron una lata de cerveza para cada uno y subieron de nuevo por la calle.

"El salón" no pasaba de ser en realidad una casa que Osvaldo alquilaba por una miseria debido a que era muy vieja. Además, cuando llovía, el agua chorreaba por todas las habitaciones, con la irónica excepción del baño y la gran sala. Y en cuanto al nombre de "salón", era una broma porque ese espacio resultaba bastante grande, pero al igual que el resto de la casa, era terriblemente húmeda y prácticamente inhabitable. Sin embargo, la primera asociación que todos los nuevos adeptos hacían cuando oían el nombre era la de "Salón del Reino", cosa que mortificaba terriblemente a Osvaldo y mataba de risa a los demás miembros de la secta.

3.

Rónald era el tipo más sencillo y humilde que se pueda imaginar. Había entrado al culto por medio de Fico, quien se lo había encontrado mientras ambos huían de una redada. Al principio, Fico creyó que Rónald era una mujer, pero luego, por la voz y otras pequeñas cosas, descubrió que la susodicha Rocío, bonita aunque casi sin tetas, era más bien Rónald, un carajillo travesti que, contrario a lo habitual en su gremio, no puteaba. Su rollo era tan normal que parecía un maecillo/maecilla cualquiera. Y en último caso, pensó Fico, no busca más de lo que buscamos cada uno de nosotros: un toque de tranquilidad.

Por eso el culto era importante para Rónald/Rocío (se le llamaba de una o de otra manera según como anduviera de atuendo; esta madrugada vestía de muchacho). Era importante pues, porque sellaba su derecho a pertenecer al grupo, a ser uno de los simonitas

4.

Cuando Alfonso y el gordo Osvaldo entraron con el licor, la mitad de las cosas ya estaban en su lugar: los muebles contra las paredes, las velitas

encendidas y todos en círculo alrededor de Rónald, quien iba a ser iniciado esta noche.

Alfonso y Osvaldo llevaron todo a la mesa
arrinconada y sacaron las botellas de Bacardí con
un cuidado casi religioso. Luego trajeron de la
cocina los siete vasitos rojos que tenían para la
ocasión, y Karla, encargada de los vasos nuevos,
sacó el octavo de su bolso. Venía envuelto en
papel de regalo y así, sin desenvolverlo, se lo pasó
a Rónald.

Fico entonces se paró en el centro del círculo,
frente a Rónald, y le presentó una hoja de papel
finamente escrita en letra uncial (obra caligráfica
de Osvaldo) y le dijo al joven recluta:

—Lea.

Rónald lo tomó entre manos temblorosas y
admiró el trabajo del gordo Osvaldo sin decir
nada.

—Mae, léalo en voz alta.

La voz de Potemkin ya sonaba algo apremian-
te.

El coro de Mainor y *El Loco* apoyó a Potemkin también, pidiéndole a Rónald que empezara
sin preámbulos. Este los volvió a ver y por fin
arrancó:

—*En el año 47 de esta era cristiana, Nuestro Señor,
el Gran Taumaturgo, el Excelso Samaritano, el Ínclito
Gnóstico Simón Magus pidió a otro Simón, apodado
el Pescador, que le vendiera el Don del Espíritu Santo.*

El Pescador lo insultó y lo anatemizó sin darle el secreto.

Ahora yo, Rónald Dobles Segura, de la estirpe de mi Señor Simón el Mago, te pido hoy, que me vendás el don del Espíritu Santo...

—*¿Y qué tenés para ofrecer a cambio?*

La voz excesivamente seria de Fico asustó un poco a Rónald, pero este decidió seguir adelante mostrando todo el valor posible. Volvió a mirar la hoja que tenía en la mano y continuó un tanto confuso:

—*... te pido hoy que me vendás el don del Espíritu Santo.*

—*¿Y qué tenés para ofrecer a cambio?* —volvió a repetir Fico en el mismo tono de voz monocorde y ceremonial.

Rónald entonces sacó de su bolsillo, tal como había sido instruido, la moneda de menor denominación que anduviera consigo. Resultó ser una moneda de cien colones que Fico tomó con cuidado y puso en un platillo en la mesa. A continuación descorchó en presencia de los demás una de las botellas y mientras la vertía le decía al muchacho:

—*Olé este espíritu que también es santo.*

Rónald lo olió y le pareció extraño. Era más dulce de lo que es el ron habitualmente. Pero no tuvo mucho tiempo de pensar en el asunto porque la mano que sostenía el vasito rojo le empezó a temblar tanto que Alfonso, a la par de él, tuvo que ayudarle a sostenerlo.

—*Probá este espíritu que también es santo* —dijo Fico.

Y, terminando de llenarle el vasito agregó:

—*Debés tomarlo todo.*

Rónald terminó de beberse el vasito de ron y de inmediato sintió el fuego. Poco acostumbrado a tomar *estray*, sintió el licor bajarle por la garganta como un trago de arena caliente y empezó a toser con fuerza y a echar minúsculas aspersiones del licor por la boca. Pero dichosamente no pasó a más. A los pocos instantes ya se sentía bien.

—¿Eso es todo? —preguntó el muchacho, recuperando tímidamente la voz.

—Eso es todo —respondió el oficiante con una sonrisa.

5.

Potem, como de costumbre, estaba obsesionado con la música. Había sacado como diez compactos de los estuches de Rónald y ya andaba dando vueltas por todo el salón.

—Maes, "Losing My Religion", ¡qué piezón! —decía entre seco y babeante.

Algunas expresiones le salían tan mezcladas con saliva que no se sabía si estaba hablando o escupiendo.

—¡Oh, Potemkin! —le contestaba Alfonso capeándose las salpicaduras—, siempre limpiando el piso con las babas.

Y los dos sonreían brindando con vasos de plástico (los vasitos ceremoniales ya estaban guardados: ocho en total) y regaban la mitad del ron en el suelo.

—Bueno para los orishas —decía Osvaldo desde su semi-valeverguismo de esta noche—, pero malo para las hormigas. Un día de estos me van a comer vivo.

—Y qué hijueputa festín se van a pegar —le decía Fico con el cigarro en una comisura de la boca, porque las manos las tenía ocupadas en abrir una lata de atún.

Osvaldo lo volvió a mirar con algo de pereza y por fin decidió ignorarlo.

Mainor y Karla bailaban algo que iba confirmando la sospecha generalizada de que desde hacía un tiempo esos dos se traían algo entre manos. Bailaban de cachetito y Mainor, incluso, no había intentado echarle el cuento a Rónald/Rocío, aunque todo el mundo sabía que le cuadraba el travestillo:

—Mae, es que solo me cuadra cuando parece una hembra, tuanis... Así, como cabro, nada de nada, compa. ¿Me entiende? ¿Tuanis?

Y Rónald no comprendía por qué el otro se disculpaba por no echarle el cuento cuando según él, es decir, según Rónald, la disculpa debía venir cuando el otro intentara propasarse.

—Vea, papito —le había dicho Osvaldo en alguna ocasión—, su problema no es ser travesti; eso nunca debería ser un problema. El problema es que usted no cambia de mentalidad con la misma rapidez con que cambia de ropa. Es decir, a veces, usted es mujer por dentro y cabro por fuera y otras veces al revés, mujer por fuera y cabro por dentro. Lo tuanis sería que cuando anda como hombre piense como hombre y cuando ande de mujer piense como mujer. Así uno sabe, es decir, todos sabemos a qué atenernos con usted, más o menos.

Rónald había bajado la cabeza sin decir nada, por lo que Osvaldo decidió continuar:

—Dígame una cosa, aquí entre nosotros. ¿Usted es virgen?

Y Rónald, sin darle tiempo al otro de reaccionar, cogió sus cosas y desapareció entre la muchedumbre de San José.

6.

A las cuatro y media de la mañana algunos de los simonitas salieron al patio a ver el final de un eclipse lunar que había empezado esa madrugada. Por eso les había parecido un sábado ideal para una de sus reuniones habituales, especialmente considerando que la iniciación de Rónald estaba pendiente. El mismo muchacho, temiendo algo muy diabólico, había estado posponiendo la cosa toda la noche. Pero al final, cuando Potemkin la propuso, aunque fuera tan tarde, él no tuvo más excusa. Era hoy o ya no era, y a pesar de los refunfuños de Fico (nadie sabe por qué) la ceremonia se había llevado a cabo durante el eclipse.

Una vez en el jardín, Fico abrazó afectuosamente a Rónald como si fueran pareja desde hace tiempo. El otro no se deshizo del abrazo. Después de lo de Osvaldo, nadie le había vuelto a preguntar si era virgen o gay o cualquier otra cosa, pero ya todo el mundo suponía que, si era travesti, lo más seguro es que también era playito.

—¿Sabés por qué yo no quería que tu iniciación fuera hoy?

El tono de Fico fue tan dulce que Rónald se asustó. Nada quedaba de aquella voz grave y ceremonial de la iniciación.

—Según la tradición de los magos, una ceremonia de estas durante un eclipse traerá sangre a la ceremonia.

—Pero nada de eso ha pasado —objetó el muchacho.

—Todavía no.

La seca respuesta de Fico, más su abrazo de hierro, asustaron mucho a Rónald. Y quedó más asustado aún cuando vio en su derredor y cayó en cuenta de que estaban solos.

7.

A las siete de la mañana, el nuevo día ya había hecho estragos en algunos miembros de la secta. Mainor y Karla estaban durmiendo en un cuarto. Potemkin estaba acurrucado en el sillón de la sala hablando dormido. Lo más seguro es que le suplicaba en sueños a la enésima princesa de hielo que había desdeñado su amor. Él era el gran Kalaf de todas sus historias y las muchachas eran todas, sin excepción, la princesa Turandot, fría, desdeñosa y cruel con los amores y caricias del pobre Kalaf.

El Loco hacía rato que se había ido para algún bar 24/7 porque su sed era lo que había medio secado el Mar Muerto, según pontificaban Fico y Osvaldo. Este último y Alfonso estaban en la mesa comparando y compitiendo entre sí por recordar las películas más memorables. Ambos eran fans del cine y ambos decían poder morir si se les alejaba por mucho tiempo del sétimo arte. Eso era extraño, porque los dos eran oficialmente escritores, no cineastas o cinéfilos. Pero así era la fauna del salón de los simonitas: entre más confusos, mejor.

Nadie, hasta ese momento, sabía de Fico o del nuevo recluta.

—Me imagino —dijo Osvaldo— que hoy Fico no se fue a dormir sin haber probado las manzanas de Sodoma.

Alfonso se cagó de risa y luego recordó *Midnight Cowboy*, con Dustin Hoffman y John Voight.

—Mae, Osvaldo, esa sí era una película maravillosa, a propósito del tema de las manzanas de Sodoma. Por cierto —agregó con alguna suspicacia—, ¿de dónde sacaste esa metáfora?

—¿De dónde va a ser, mae? De un playo que está en desesperada búsqueda de la redención cristiana: Michel Tournier.

—¿El de *El Ogro*, con John Malkovich?

—El mismito —indicó Osvaldo levantando la copa.

Y ambos brindaron por el gran cine, su objeto de devoción más intangible en la vida cotidiana.

8.

A las ocho y media, Alfonso ya había aterrizado. Estaba acostado estrujado entre el borde de un sillón y las botas embarrialadas de un Potemkin aún bien dormido. Osvaldo seguía tomando su ron con coca, aunque más suavemente. Pensaba en irse a acostar, pero Fico se había llevado a Rónald para su cuarto desde las 5 de la mañana.

—Bueno, ya es muy tarde para que estén cogiendo —se dijo—, así es que tendrán que aguantarme en mi propio cuarto.

Se puso de pie y caminó para el viejo dormitorio. Iba a coger la perilla de la puerta cuando esta se abrió sola. La escena que de repente tuvo frente a sí lo asustó mucho.

Fico había abierto la puerta y ya venía para afuera. Estaba en calzoncillos y algunas partes de su cuerpo estaban manchadas de sangre, en especial las manos y parte del vientre. En la cama se notaban las piernas y una nalga de Rónald, pero lo que más horrorizó a Osvaldo fue ver manchas de sangre también en las sábanas.

—Mae, ¿qué pasó?

La pregunta de Osvaldo no era tanto una pregunta como una exclamación.

—Tranquilo, nada ha pasado —dijo Fico con el tono más fresco que uno se pueda imaginar.

Pero Osvaldo ya temblaba por todo lado.

Fico fue directamente a la cocina a lavarse la sangre de las manos y el vientre. Osvaldo apenas tuvo aire para hacer la pregunta de rigor:

—Mae, ¿está herido? —preguntó débilmente.

—No, claro que no —repuso Fico—, solo está dormido. Servime un trago y te cuento.

Osvaldo se fue a la mesa y se sirvió él primero un trago estray. Luego le sirvió otro a Fico.

Fico se sentó junto a él de manera lánguida, casi contemplativa. Osvaldo sabía que esa era la pose que asumía su amigo cuando estaba depre o muy cansado. Pero Fico por fin abrió la boca y empezó a contar.

9.

La historia era más o menos sencilla. Un primo mayor jugaba con Rónald cuando este tenía seis años. Los juegos eran siempre sexuales y en secreto, pero un día en que alguien entró de golpe al cuarto, encontraron al primo toqueteando a Rónald desnudo. Hubo un pleito, un par de manotazos y la madre trató de vestir a Rónald rápidamente, pero en medio de su ira y su zozobra cerró mal el zíper del pantalón del chiquito. Primero el gran grito y luego el desmayo del niño les mostró que la cosa era grave. Así vinieron en orden la ambulancia, el hospital, la gangrena y la operación. Antes de cumplir los siete años, Rónald era casi igual que ver una chiquita desnuda. Después de eso vinieron los psicólogos de las familias bien: uno para la mamá, otro para el primo y dos para Rónald. Todo era como repartir queque con helados en un día de fiesta muy *proper*. Pero las cosas no cambiaron. Algunos especialistas (de mentalidad un tanto confusa, según Fico) le recomendaron a la mamá y al papá que sometieran al niño a un entrenamiento "femenino" para que se acostumbrara más a su situación. La madre estuvo de acuerdo y el padre no, desacuerdo que eventualmente los llevó a estar de acuerdo en cuanto a un divorcio. Esa separación tal vez no habría sido necesaria si los padres hubieran puesto más atención a las incipientes preferencias sexuales del chiquito.

Luego, en el colegio, Rónald comenzó a mostrar fuertes tendencias de travestismo. Asumió el alias de Rocío para sorna de unos alumnos y aceptación de otros. Lo cierto es que el director llamó a los papás y les dijo:

—No podemos tener un alumno con doble identidad. O es Rónald o es Rocío.

El muchacho lo resolvió siendo varón en el colegio y siendo muchacha en la casa. Después de eso, su identidad de hombre o mujer quedaba definida por el estado de ánimo.

Lo único positivo de todo aquel incidente era que Rónald tuvo la posibilidad de desarrollar, sin censura de la familia, su preferencia por el sexo pasivo con los hombres. No hubo censura porque todos creyeron que aquello era producto del accidente a los seis años. A nadie se le ocurrió pensar que, con pene o sin él, el muchacho iba a ser travesti y también homosexual.

Y esta noche, esta noche había sido lo mejor. Según Fico, Rónald le había "entregado su virginidad".

—¿Y por eso tanta sangre? —preguntó Osvaldo incrédulo.

—No huevón, tenés que entenderlo dentro de su lógica.

Y de nuevo la infame historia de la emasculación accidental. Rónald no podía masturbarse como los demás hombres, así es que tenía que maniobrar y toquetear por delante y por detrás. Esta madrugada, su entrega al deseo de Fico había sido tan dolorosa que tuvo que compensar manipulándose, toqueteándose y pellizcándose abundantemente la vieja herida. Pero había ido a tal extremo que no solo logró el ansiado orgasmo. También se abrió las heridas que el error materno le hiciera de niño. Por eso había tanta sangre.

Osvaldo se tomó de un solo golpe su segundo trago y Fico lo pescó tratando de esconder algo como una leve vergüenza.

—¿Y eso, mi herma...? —le dijo sonriendo un toque.

—Es que me puse a pensar en la estupidez que le dije el otro día y...

Pero en ese momento se abrió la puerta del cuarto de Osvaldo. Rónald, pálido y con el pelo enmarañado, mostró por fin la cara.

Fico se levantó rápido y se fue a su lado.

—¿Querés algo?

Pero el muchacho habló tan bajito que Osvaldo no lo pudo escuchar. El güila andaba un calzoncillo de conejitos Playboy y se le veía muy sexy excepto por la mancha de sangre, ya medio tostada, que tenía en la parte donde debería haber un abultamiento.

Fico de repente respondió al deseo de su nuevo amante y lo recogió como a una novia que están haciendo entrar por primera vez al tálamo.

—No te preocupés —le aseguró al dueño de casa mientras llevaba a su compa a la pila de la cocina—. Todo te va a quedar perfectamente arreglado.

Y diciendo eso depositó a Rónald de pie en la pila para quitarle el calzoncillo. Osvaldo logró ver, en medio de la sangre y el tejido cicatrizado, algo parecido a un huequito, una ínfima uretra que apenas sobresalía de lo demás. Fico puso a Rónald de cuclillas y luego lo empezó a lavar como se lava a los chiquitos en las viejas pilas de concreto.

En la sala, alguno de los tantos locos se había levantado y en medio de su todavía guarera, puso en el tocadiscos un compacto de Rónald.

Alfonso y Mainor (este último también en calzoncillos) llegaron a la cocina justo a tiempo para oír la queja de Osvaldo:

—¿Cuál de ustedes dementes puso esa música a esta hora?

—¿Cuál? —pregunta Mainor fingiendo desconocimiento—. ¿El "Drácula, de Bram Stoker"?

—¿O el "Drácula, de Bram Stoker" de W. Kilar? —bromeó Alfonso—, porque el hijueputa nombre de pila de ese mae no se puede pronunciar.

Y los dos sonrieron en tonta y trasnochada aprobación.

—*Just remember* —agregó Mainor con un falso acento británico y señalando para la pila—: *Love never dies.*

—Menos después de ser bautizado con sangre —dijo un poco para sí Osvaldo.

—¿Quién? —inquirió Alfonso—, ¿el carajillo?

—No —terminó Osvaldo—, Federico.

Y los tres, entre desconcertados y joviales, avanzaron hacia el interior de la cocina para preparar el desayuno especial de la casa: pinto con tostadas y un buen jarro de cerveza.

San Juan del Murciélago,
2 de octubre de 2005

CARLOTA Y MAXIMILIANO
(PIEZA EN UN ACTO)

Personajes:

Maximiliano: *Un anciano de unos 70 años, lento, en-*
vejecido, que sin embargo, aún se maneja
solo. Es delgado pero con el estómago abul-
tado. Posiblemente padece de problemas in-
testinales. Usa anteojos bifocales y un viejo
y raído chaleco. Da la imagen plena del
abuelo que vive solo.

Diversas voces en *off*: casi todas de la tele y de la
radio.

Escenario: *La cocina de una vieja casa que ha visto*
mejores tiempos. Refrigeradora al fondo y al
centro, redondeada y algo pequeña, al estilo
de los cincuenta. La mesa (con tres sillas)

de sobre de formica con banda de metal ro-
deando el borde. Al fondo y a la izquierda,
la pila llena de trastos sucios. A la derecha
de la refrigeradora, un pequeño aparador
o trinchante en desorden y lleno de cosas
varias, inclusive un televisor (cuya panta-
lla el auditorio no puede ver, aunque sí su
reflejo) y un teléfono no muy nuevo. En el
extremo derecho, una puerta al patio. En el
extremo izquierdo, un umbral con cortinas
que va al resto de la casa. Maximiliano
está sentado a la mesa desayunando huevos
con salchichón y café. En el suelo, junto al
hombre, hay una escudilla con comida y
otra con agua.

Durante un rato, Max come en silencio.
Solo se escucha el tenedor sobre el plato de
losa o lata y, al fondo, las noticias sobre
un asalto bancario. (Tanto la radio como
el televisor son un sonido de fondo cons-
tante que, sin embargo, no interrumpe la
acción).

Maximiliano:(*sin dejar su desayuno*) Ya sé que estás
por ahí, gran chancha. (*Pausa*). Doña
Eduviges me contó anoche lo de tus
cochinadas. (*Pausa*). Porque solo a una
puerca como vos se le ocurre subirse
a la ventana de esa viejita a hacer esas
mierdas. (*Pausa. Deja el desayuno a un
lado. Cambio*). ¡Pero qué te pasa a vos?

¿Estás loca o ya es hora de llevarte donde Nemesito? (*Pausa. Vuelve al desayuno. Luego, irónico*): Yo no te lo he querido contar, pero Nemesio hace años que te espera. (*Pausa. Habla con la comida en la boca*). Y no es porque estés vieja. Es porque sos más bruta que ese doctor que tenemos ahora de Presidente. (*La radio sigue sonando. Están pasando las noticias del tránsito de vehículos en San José en horas de la mañana. Recomiendan unas rutas mientras desaconsejan otras. Max se ha quedado viendo la escudilla como esperando que algo pase. Pausa. Sigue viendo la escudilla hasta que se decide a removerla levemente con el pie*). ¿Qué, no querés desayunar? (*Pausa*). Y no te imaginés que porque me hacés esa carita te voy a dejar subirte a la mesa. (*Pausa*). El doctor..., bueno, Nemesito, me dijo que era mejor así porque vos ya no sabés distinguir una mesa de una chanchera. (*Pausa. Max finge que come mientras ve de reojo las escudillas en el suelo. Se aclara la garganta. Se levanta con lenta parsimonia y va a la refrigeradora. La abre. Saca más jugo. Trae el pichel a la mesa. Se devuelve y cierra la puerta de la refri. Se sienta. Se sirve un poco más de jugo y vuelve a ver las escudillas.*) ¿Querés un poco más?

(*Max suelta un indiscreto pedo*). (*La voz de Max se anima un poco.*) ¡Ya era hora! Creí que no me ibas a hablar en toda la mañana. (*Otro leve pedo, [para este segundo, Max tuvo que moverse un poco en el asiento]*) ¡Bueno! Eso ya lo tomo como una reconciliación. ¿Querés un poco de jugo? (*y sin esperar respuesta se agacha en el piso y echa jugo en la escudilla del agua. Mientras vierte...*): ¿Vos te acordás de aquel perro que tuvimos... uno negro que se llamaba Luna... (*Termina de verter pero no se pone de pie esperando respuesta*). Aquel que Nemesio quería como si fuera un hermano (*se pone de pie lentamente. Está recordando*). Todavía recuerdo cuando el camión del gas lo estripó. (*Pausa. Un poco más triste*): Tu pobre hijo no sabía por qué parte recoger al pobre animal... (*Pausa*). Parecía que el hijueputa camión ese lo hubiera repartido por toda la calle... Yo... yo recuerdo que hasta saqué una pala para recoger partes del pobre bicho. (*Pausa larga*). Pero tu hijo las recogía con las manos, una por una, sin tener asco, y las iba echando en una bolsa plástica. (*Pausa*). Nemesio constantemente me preguntaba: (*voz del niño pero sin imitar su tono*) "Se puede

arreglar, papá" "¡¿Verdad que se puede arreglar?!" (*Pausa larga. Max lleva el
jugo hacia la refri y lo guarde ceremoniosamente*). ¿Vos te acordás de lo que pasó
después? (*Se acerca a la mesa y se vuelve
a sentar*). Le mentimos y le mentimos
diciendo que lo estaban reparando hasta que un día pudimos llegar a casa
con algo parecido a su amado Luna...
Pero él de inmediato lo rechazó. (*Jus-
tificándose*): Yo traté de explicarle que
lo habían "ensamblado" un poquito
distinto, que nunca iba a volver a ser
el mismo, pero él dijo que no y que
no y que no hasta que lo tuvimos que
devolver. (*Trata de comer un poco*). Luego
vino la mierda esa de Anita, tu nuera...
(*Pausa. Cambio: de repente está enojado*).
¡Si digo tu nuera es porque la bomba
que nos soltó tu hijo no la hacía nuera!
¡La hacía bruja, esperpento!.... (*Pausa.
Luego, furioso, tira el tenedor a lo largo de
la habitación*). ¡¿Qué son esas mierdas
de los inciensos y las transmigraciones
del alma?! (*Se pone de pie, aún molesto. Se
pasea por la habitación lentamente*). ¡Tu
hijo, Carlota, es un veterinario, un profesional! (*Pausa*). Luego viene la putica
esa con un fin de semana de cogidas
y cervezas en la playa y lo convence

de que ella es el... el... no sé qué mierdas de Luna, solo porque ella nació tres días después del accidente (*Pausa. Luego, fingiendo sorpresa*): ¡¡AHH!! ¡Y se llama Selenia! (*Pomposamente*): "Hija de la Luna". (*Cambio*) "¡¡Hija de la mierda!!", diría yo. (*Pausa larga*). Él se queja porque yo hablo con lo que él llama una chancha invisible que yo supongo la reencarnación de su madre. (*Cambio brusco*). ¡Qué reencarnación ni qué mierda! (*Vehemente*): ¡¡Yo hablo con vos, Carlota, porque sos parte mía!! ¡¡Te llevo en la sangre, en el corazón!! (*Aun más vehemente*): ¡¡¡MI AMOR, EN MI PURA ALMA!!! ¡Sos a la que he amado durante cincuenta años! ¡No una fecha de coincidencia ni el alma de un animal, porque vos sos yo mismo! (*Pausa. Decrescendo lento*). Bueno, aunque sí debo reconocer que sos una marrana. (*Se queda como escuchando la escudilla*). Dije una marrana, una chancha, una cerda, una puerca, una cochinita. (*A la defensiva*) ¡Y no me culpés a mí de las cosas del cielo! Así resultó la carajada y punto. (*Max se echa un estruendoso pedo. Este reacciona ofendido por lo que supuestamente oyó*). ¡¡Qué descaro el tuyo, Carlota!! Ahora vas a decirme que lo de Nemesio con esa gitana de putero es culpa mía. (*Otro gran pedo*). Ah, y además de cornudo, apaleado. ¿De dónde putas sacás que doña Eduviges y yo tenemos algo? (*Pausa mientras escucha la escudilla. Él está de brazos cruzados y asiente ocasionalmente. Finalmente sale otro gran pedo*). Esto sí que no te lo perdono. Solo porque le compré a la pobre viejita una leche de magnesia ya decís que queremos cagar juntos. (*Levantando las manos*) ¡Solo eso me faltaba: que mi mujer me acuse de cagar con otra más vieja que ella! (*Cambio*). No, si esto es una pesadilla.... (*De repente suena el teléfono. Max se va a contestarlo*). ¿Aló? (*Del otro lado se oye un zumbido como de moscas*)... (*Pausa*). ¿Pues quién va a ser?.... (*Pausa*). ¿O ya querés que Carlota también conteste el teléfono? (*Pausa*). ¿La próxima semana...? (*Pausa*). ¿Y va venir esa esposa tuya, Sorolla la que Siempre Folla, digo, este, Soraya la que Nunca Falla.... (*Pausa larga*). Bueno, bueno, ya está bien de regaños. ¿Va a venir la lunática esa o no....? (*Pausa*). Sí, pero con una condición: en esta casa se respeta la memoria de tu mamá, así es que nada de bromas contra ella si quiere hablar. (*Pausa*).

¿Cómo que falta de higiene?... Nemesio, estás hablando barbaridades del ser que te trajo al mundo...¡Cuidadito ahí!... (*Pausa. Cambio leve*). Sí, m'ijito, pero ahora no tengo tiempo para esa propuesta tuya del otro día... (Bajando la voz). Ponerla a descansar... ni que estuviera muriéndose de fatiga. (*Max se tira otro pedo. Vuelve a subir la voz*). Mirá, mal hijo, que tu madre te quiere hablar... (*Pausa*). ¿Aló...? ¿Aló...? ¿Aló...? (*Cuelga despacio*). Y después dicen que los padres somos los malos. (*Se vuelve a la escudilla*). Lo siento, mi amor, se cortó la comunicación. (*Tratando de "alegrarla"*). Pero ya oíste la buena noticia: el fin de semana te vienen a ver tus nietos, así es que hay que salir de compras. Vamos a ponernos unos chuicas bonitos para que no se diga que somos una pareja de descuidados. (*Camina ceremoniosamente hasta la cortina que da a los cuartos*). Después de usted, madame. (*Después de que Carlota "pasó" Max la sigue y el TELÓN poco a poco se cierra*).

San Juan del Murciélago,
28 de setiembre de 2006.

CLAVOS DE NUEVE PULGADAS

i want to fuck you like an animal
i want to feel you from the inside

NINE INCH NAILS

Violación

RENÉ MAGRITTE

1.

Alberto abrió el bolso de cuero donde guardaba los lentes y sacó el líquido limpiador, un paquete de Kleenex y el estuchecito de plástico. Luego, con mucho cuidado, se quitó los lentes, los fue guardando y se rascó suavemente los ojos. Después vio fijamente hacia el espejo del tocador que tenía enfrente. El pobre cegato apenas podía distinguir una silueta de pelo castaño que, por toda lógica, debía ser él mismo. Sin embargo, pronto le empezó a salir un apéndice del lado derecho que siguió creciendo hasta transformarse en otra figura. Era Ana Virginia, la maquillista, que venía llegando. Alberto sintió que el viejo clavo de nueve pulgadas de repente se le desperezaba atento, pero hizo un esfuerzo y se concentró en lo que estaba haciendo.

—¿Me trajiste los lentes?

—Aquí están —respondió ella con una sonrisa.

Efectivamente, en la mano derecha tenía otro estuche como el que Alberto acababa de utilizar para sus propios lentes.

—Dejame ponértelos —continuó la muchacha con su habitual sonrisa.

Él la dejó que le pusiera los lentes, pero no bien había empezado la muchacha cuando Alberto sintió que eso había sido un error. El perfume de Ana Virginia y el contacto con su piel hicieron que el muchacho se atarantara al punto de que la tuvo que hacer a un lado.

—¿Qué pasa?

Alberto no se dignó a contestarle. La agarró de las solapas de la blusa y se la arrancó de un solo movimiento enérgico. Ella empezó a gritar furiosa pero Albertito le dio una trompada bien aprendida en clases de boxeo y la tiró contra la cómoda de los cosméticos. De inmediato se abalanzó a quitarle el brasier mientras Ana Virginia gritaba pidiendo ayuda inútilmente. Excepto por ellos dos, el *set* todavía estaba vacío. El muchacho aprovechó para darle otro par de moquetes y eso pareció calmarla, o más bien atontarla un poco más, hasta que por fin llegó al corazón de la presa. Los pezones estaban erectos esperando sus caricias y besitos. Pero Alberto quería más: de un solo gran mordisco le arrancó el pezón derecho y lo masticó con furia.

—Sabe a mondongo con sangre —pensó mientras se posicionaba para violar a su víctima.

Ana Virginia no hacía más que gritar y llorar desesperadamente.

2.

Goyi entró al supermercado de barrio y cogió directo para la cámara de las bebidas. Abrió una de las puertas y sacó un *six-pack* de Rock Ice. El dependiente de la caja lo observaba por uno de los espejos de vigilancia. Mientras este permanecía a la expectativa de los actos de Goyi, Gasparín y Jaibo se metieron todas las barras de chocolate que pudieron encontrar en las amplias bolsas de los pantalones "baggy". Los tres vestían el mismo tipo de prenda, así es que sumaban ocho bolsas para cada uno de los amigos. De hecho, si hubieran querido, Goyi se mete todo el *six-pack* en las bolsas del pantalón. El único problema hubiera sido el frío de las cervezas en los puros huevos.

El muchacho llegó a la caja y puso las cervezas en el mostrador con algo de rudeza. Luego sacó la billetera atiborrada de billetes y le tiró un *ema* junto al *six-pack*. El mensaje era claro: "¿Vos qué me estás viendo tanto, muerto de hambre?" Pero las palabras no llegaron a salir. Quedaban en la punta de la lengua donde a veces sabían mejor.

—¿Cédula?

Y Goyi le tiró en el mostrador la más reciente obra de arte en falsificación que se había podido comprar. Más de media teja, pero valía la pena.

3.

—¡Alberto!

—¿Ah?

El muchacho volvió en sí con un escalofrío.

—¿Qué te pasa? ¡Casi me botás el lente de la mano! Estás como dormido.

—*Sorry*. Recordé una pesadilla.

—Ah, ¿sí? —dijo la muchacha con algo de dulce lascivia—. Y ¿se puede saber de qué se trata?

—Mejor otro día.

Ana Virginia le volvió a arrimar los pechos a Alberto mientras le ponía el otro lente. El muchacho intentó encogerse un poco para que no lo tocara, pero era como si la piel suave y tersa de la mujer lo buscara a él con intención.

—Esta perrita quiere algo conmigo —se dijo el muchacho—. Pero tal vez no lo hace por la diferencia de edad.

Alberto se dejó poner el segundo lente y luego se miró en el espejo. Ana Virginia tenía sus manos sobre los hombros del chico y al verlo tan guapo le dio un apretoncito afectuoso.

—Definitivamente se muere porque me la embolle —pensó Alberto—. Un día de estos se la clavo en los baños.

4.

Goyi palmoteaba con la derecha sobre el dash "March of The Pigs", su pieza predilecta de Nine Inch Nails, mientras con la izquierda iba sosteniendo la birra.

En eso oyeron un ruido peligroso.

—¡Maes, ojo con leyla!

La voz alarmante de Gasparín asustó a los otros dos. Jaibo se puso a recoger los envoltorios de las barras de chocolate mientras Goyi se zampaba la birra a toda velocidad.

—¡Eso no, imbécil! —le gritó Gasparín a Jaibo—. Meté las birras debajo del asiento... ¡pero YA!

Jaibo se atarantó todo y se metió varios tarros en las bolsas de los pantalones.

La policía de tránsito estaba dirigiendo el flujo de automóviles y seleccionando algunos al azar. Detenían el carro y pedían papeles. Gasparín decidió que lo mejor era coger por una calle lateral, pero de repente se dio cuenta de que ya habían avanzado mucho. Goyi se iba poniendo pálido mientras Jaibo se limpiaba el chocolate de la cara con la manga de la *jacket*.

Lo mejor entonces era bajar la velocidad y dejar que la ley decidiera si los paraba o no. Pero la memoria de Goyi de repente lo hizo ver al conductor con cara de pánico:

—¡Mae, ¿la licencia?!

—Diay, cucaracha, ¿no se acuerda que me la robaron la otra noche?

—¿Y los papeles?

—En la guantera. Fico me los dio ayer.

Los papeles eran falsos pero los tombos no se fijaban mucho en eso, es decir, a no ser que el conductor, de casualidad, tampoco anduviera licencia. Goyi de pronto se puso blanco y empezó a sudar. Sabía que ya no había tiempo para nada. Y nada era exactamente lo que se le ocurría para rodar a los tombos.

Llegaron hasta medio retén pero nadie pareció notarlos. Los policías continuaban haciendo señales de seguir adelante y no detener el flujo de tránsito. Los muchachos avanzaron entonces con cautela, y en la primera bocacalle doblaron y se alejaron de todo lo que les oliera a ley.

En el carro pasaban los segundos sin que nadie dijera nada, pero tan pronto se les pasó un poco el susto Goyi dejó salir un inmenso eructo que sonó como el freno de un tráiler.

Gasparín empezó a reírse. Luego le siguió Goyi y por último Jaibo, que era el que se reía más fuerte de los tres.

—Mae, aclaremos las varas —dijo finalmente Goyi—. Usted es el "chofer designado", y cuando cae leyla y la vara está fea entonces aprieta chancleta y se abre. No se queda bruto esperando a que nos pesquen, guineazo. Si no, ¡manejo yo!

—Sí, sí —se disculpó Gasparín—. Es que creí que pasando despacio no se iban a poner vivos, y ya ves, todo salió pura vida.

Y tras esa mentira, el chofer volvió a enrumbar hacia San Pedro, donde esperaban levantar hembras en un bar. La música de NIN volvió a oírse a todo volumen junto al ruido de las latas de cerveza que se iban acabando rápidamente.

5.

Alberto se echó una orinada de caballo en el baño del estudio. Las tetas de Ana Virginia todavía lo tenían loco, pero se pudo controlar.

Esa noche, de fijo, iba a necesitar una cabra.

6.

Goyi encendió la pipa apretada de cannabis y le dio una gigantesca subida. De inmediato le cambió la voz de adolescente a hombre maduro. Le pasó la pipa a Jaibo, que la tuvo consigo unos segundos, y finalmente le llegó el turno a Gasparín. Goyi le dijo que se orillara para fumar un toque, pero el conductor dijo que para eso tenía dos manos. Se echó una inmensa inhalada y de pronto el carro empezó a zigzaguear, aunque suavemente. De nuevo les entró la payasa, esta vez por la falta de pericia del conductor. Goyi se sentía en el cielo como en aquel comercial de zapatos tenis. No había cole; no había tatas; no había ley; no había cárceles ni reglamentos... Todo era perfección juvenil.

7.

Media hora más tarde, ya casi había llegado la mayor parte del personal del estudio. Ana Virginia estaba en el área de maquillaje con el pájaro de Milton, una loca joven que cuando maquillaba hombres les tocaba todo lo que podía. Alberto se había quejado de esto y, como era menor, el tata había exigido que le pusieran a otra persona. No despidieron a Milton porque tenía muchas patas entre los altos de la productora. De hecho, corría el rumor de que aquello era toda una pajarera, pero Alberto no se preocupaba mucho por eso. Estaba en lo suyo y eso era hacer harina con este toque del modelaje para pasarla pura vida con los compas y para sus pequeños caprichos artísticos. Su lema era que la plata hablaba por todos: por las güilas —fueran putas o no— por los drogos, los amigos de los drogos y los malditos *doctors*, cada día más caros y descarados. Lo demás eran sutilezas que él no entendía ni quería entender.

8.

El güila estaba en el suelo sangrando y temblando de pánico. Jaibo le tenía puesto un pie sobre el pecho mientras Goyi revisaba la billetera.

—Maes, ¡¡cortémosle las bolas!! —gritó Gasparín fingiendo una voz de psicópata.

—¡NO, POR FAVOR! ¡¡ESO NO, POR FAVOR!! —gritaba la víctima, llorando por el pánico que le estaba entrando.

Gasparín entonces le metió una semerenda patada por los mismos huevos para que se callara. La víctima hacía rato estaba a punto de llamar la atención con su constante griterío. Remedio rápido: otra patada, esta vez en la cabeza. El mae se quedó quieto y solo se podía escuchar un *ayayay* más suave, casi como un suspiro.

—Así me gusta —dijo entonces Gasparín—. Calladito es más bonito.

Goyi seguía sacando cosas de la billetera:

—Tarjetas de presentación, cédula, cartitas de amor (¡mae más playito!) y... ¡¡ANJÁ!! —dijo levantando algo en el aire—. ¡¡Tarjeta de crédito!!

—Diay, ¿qué? —dijo entonces Gasparín—. ¿Llevamos a Papito Rich aquí no más a hacer un paseíto millonario?

—¡Ni lo dude, cucaracha! ¡Usted ni lo dude!

Entonces Jaibo se fue a la calle principal para encender el carro. En el callejón quedaban sus amigos custodiando a la víctima: un carajillo de papi y mami que acaba de entrar a la U.

9.

—Muchacho A (*tiene sombra en los ojos y barba de varios días. En close-up*): ¿Estás seguro de que tú no quieres una probadita?

—Muchacho B (*tiene lentes de contacto verdes y un cabello corto, bien peinado. Paneo de cámara a la derecha*): Estoy seguro. Puedo vivir sin tus cigarrillos o tus pastillas porque tengo una familia feliz que me da su amor y unos profesores buenos que luchan porque yo aprenda. Tú tal vez no has tenido un hogar donde hay comunicación y amor constante.

—Muchacho A (*paneo a la izquierda*): Mira que no te lo ofrezco otra vez. Después vas a andar por los patios del colegio suplicándome.

—Muchacho B (*paneo a la derecha*): No te preocupes. Yo tengo un arma secreta contra tus tentaciones. (*Música coral en sintetizador* lite). Y esa arma se llama JESÚS. (*Sigue la música coral. Paneo de cámara a la izquierda. El muchacho A ha desaparecido. En su lugar, la banca rápidamente se llena de cucarachas. El muchacho B se marcha feliz. En su mano derecha lleva una copia de la Biblia.*)

—¡¡¡Y CORTEN!!!

El director se acerca a Alberto (el muchacho B) y le da una palmada con una sonrisa. Obviamente está muy contento con las actuaciones de esta sesión.

—¡Felicitaciones! ¡Te salió increíble!

La aterciopelada voz de Ana Virginia le llega a Alberto como un solo de flauta a la par de un riachuelo dulce y juguetón. Piensa en cómo sería romperle de veras la blusa y llenarle las tetas de llagas a punta de mordiscos voraces. Siente que el viejo clavo de nueve pulgadas va de nuevo para arriba, así es que rapidito se sienta enfrente del tocador a esperar a que Ana Virginia le quite el maquillaje.

10.

Ya casi llegaban a La Nave de los Locos, uno de los pocos bares de San Pedro que aceptaba colegiales sin siquiera volverlos a ver dos veces.

Goyi sacó el arma secreta de la guantera y la abrió: cinco *emas* y cuatro tucanes. No estaba mal para pasar los próximos días. Habían breteado mucho y les había ido bien. Solo el golpe de "Papito Rich" y la tarjeta les había dado treinta mil, así es que podían llevarla suave el resto de la semana.

"La Nave" no estaba muy llena pero había bastantes mujeres como para llamarles la atención. Así se quedaron un par de minutos solo por ojear a unas güilas que estaban de buen ver.

—Mae, ¿esa no es Ingrid Salas?

—¿Cuál Ingrid?

—La gorda del 10-C.

—¿Ingrid la del cole?

—Pues, ¿no te estoy diciendo que del cole, rabanazo?

—Mae, a mí no se me parece.

—¡Mae más ciego! Jale pa' que vea que sí es.

Y los tres muchachos entraron.

11.

Alberto estaba en el baño masturbándose con la película mental de Ana Virginia en una tienda berberisca, totalmente desnuda, sirviéndole café. Él entonces le quita la pequeña cafetera y la tiende sobre las alfombras tejidas en El Cairo. Recorre su cuerpo con la lengua y antes de darse cuenta su hermanito ya va entrando en ella como Pedro por su casa. Ana Virginia grita de placer y levanta los pies que luego baja enganchándolos en la espalda del muchacho. Alberto no puede más y eyacula. El hermanito vomita y vomita como si estuviera envenenado. Ana Virginia queda en el aire. Ella no se ha satisfecho y llora. Alberto entonces se enoja mucho y le pega un mordisco en el cuello; pronto llega hasta la yugular y se la revienta de otro gran mordisco. Las convulsiones de ella son como un ternerito que el hermanito vuelve a remontar y Alberto tiene entonces un segundo y fabuloso orgasmo. Las alfombras de El Cairo, poco a poco se van tornando púrpura y después negras... FIN... Cae lentamente el telón.

12.

—Diay Ingrid, ¿qué me'ice?

—¡Hijueputa! —responde la muchacha alegremente—. Ya uno no se puede dar una escapadita porque le cae la mafia encima.

—'Ta bien... Así vamos...

—No se haga, Goyi. Usted sabe que usted es mi amorsssh.

Ingrid entonces les da un beso a cada uno de los tres muchachos y buscan una mesa para hacer una nueva barra de amigos; pronto también se les unen dos compas más, Julio y Kimberly. Annette

no quiere pasarse porque anda tras un universitario que la tiene loca, y una amiga que lee la mano
le dijo que HOY se lo iba a encontrar por la U.

13.

Ana Virginia está acomodando los cosméticos en su *necessaire* y Alberto viene saliendo del
baño. El muchacho le ve las nalgas desde cierta
distancia y se da cuenta de que el hermanito todavía quiere postre. Se acerca donde ella y le dice
tontamente:

—¿Ya te vas?

—Sí, ya se acabaron los maquillajes por hoy.

—Bueno, hasta luego —y le da un besito en el
cachete a Ana Virginia que le sabe a gloria.

La muchacha le devuelve el beso y sale rápido
con el abrigo en la mano. Alberto se da cuenta de
que alguien, un hombre, la espera en la entrada.

14.

Goyi invita a ronda de birras para todos. Ingrid les empieza a contar de lo que su tata chis-
mea en la casa. (El bocón es policía). Dice que
anda una nueva droga súper potente que atonta
y lleva al paraíso hasta al más rejego. La nueva
vara, que dicen que ya llegó a San José, se llama

Angel Ecstasy Plus (AEP). Y es una especie de ácido lisérgico con *ecstasy* y otras varas. Algo que te da un *ride* tan salvaje (con *delirium tremens*) que ya hay varios muertos.

—¿Cuántos son "varios"?

Ingrid confiesa que no está segura porque cada vez que el tombo progenitor cuenta la historia, da una cifra distinta.

Goyi se aburre rápidamente del tema y pone su vista a escanear el local; los mismos habituales de siempre: colegiales rindiendo la birra porque andan poca *money*, viejos verdes tras una aventura con una güila, drogos tranquilos que ahí empiezan la noche y los universitarios borrachos que no tienen prisa con nada, solo con tomar. Pero, de pronto, algo diferente le llama la atención: hay una cara más que conocida parqueando la moto a la entrada del local.

15.

Alberto estaciona su Kawasaki a la entrada de La Nave de los Locos. No se entera, de momento, de que está siendo observado. Pero tan pronto pone una bota dentro del local, mira la cara agria de Goyi enjachándolo.

—¿Qué me'ice, Goyi?

—¡No, mae! ¡¿Qué me dice usted?!

Alberto se quita la *jacket* y la pone junto al casco en una silla vacía.

—¿Se puede?

Goyi solo levanta los hombros, pero cuando Ingrid vuelve a ver a Alberto queda como alelada. El muchacho nota que los lentes de contacto verdes de verdad que les mueve el estrógeno a las güilas. Entonces, ya más seguro, decide sentarse junto a ella y jugar de encantador, es decir, de *playboy* con mucho mundo recorrido.

—¿Te tomás otra cerveza?

— Por ahora no, gracias. Goyi me acaba de invitar a esta.

Goyi vuelve a ver a Alberto y sonríe con intención. Luego el rostro se le torna duro, casi agresivo:

—Mae, ¿y la harina?

Alberto no se inmuta. Más bien pareciera que disfruta de provocar al chichoso de Goyi:

—Tranquilo, Camilo. Ahí la ando.

Y luego, acercándose más a Goyi:

—Mae, necesito otro brete para esta noche.

Goyi se queda pensativo. Ya recogieron bastante harina para los próximos días y el muchacho tiene ganas esta noche de pasarla tranquilo con sus *droogs* y las amigas.

—Mae, la verdad, esta noche ya está güeiso.

Alberto se queda callado y luego dice:

—Yo ya tengo parte de la vara hecha. Encontré un lugar tuanis a la par de la productora donde estoy breteando.

Goyi lo sigue pensando. Cada toque son cien rojos y no tiene la menor idea de dónde es que Alberto saca tanta harina, pero siempre la consigue. Es buena *money* y también es un *ride* súper nota, pero mejor no decirle al playito de Alberto que ellos disfrutan del brete. No vaya a ser que les pida una rebaja. Porque, aunque el mae es hijo de ministro y toda la pus, diay, debe ser difícil conseguirse esa plata cada vez que necesita un brete.

—Hagamos un trato —dice Goyi—. Usted me da la dirección y yo lo llamo cuando el asunto esté hecho. Pero, mae, no se vaya a quedar ruliado o algo así porque la caga toda. Y otra cosa, no hay trato si ahora no me paga el brete anterior.

—Tuanis —dice Alberto levantando el vaso para brindar.

Goyi sería un tonto en rechazar el trabajo que le están proponiendo esta noche. Podría ser que Alberto no necesitara otro sino hasta dentro de un mes o más, o peor aun, podría deshacerse de ellos y conseguirse otros *droogs* para el brete. En el fondo, él no malquiere al modelo alemanoide. Sabe que sin los bretes que Alberto les viene encargando desde hace unos meses, ellos serían chapulines de correntada sin más futuro en los negocios que cualquier pedazo de mierda. Por eso lo aprecia y no se mete con los rollos del mae.

Prefiere solo hacer el brete y poner la mano. Si el otro se siente un artista por hacer comerciales y medio pintar, allá él.

16.

Ingrid ya está empezando a hablar un poco raro. Julio y Kimberly parecen estar reiniciando un viejo romance y Annette, la pobre de Annette, se quedó esta noche para vestir santos. Está muy desmotivada y ya se quiere ir para la casa. De pronto empieza a alistar sus cosas y le habla a Ingrid de la hora.

—¡Mae, nos van a matar! ¡Vea la hora que es!

Ingrid la ignora porque sigue perdida en los ojos de Alberto. No sabe si quedarse a la par de este tigre-romeo o si hacer caso a la razón y coger un taxi con Annette. De repente interviene Alberto:

—¿Qué hora es?

—Las once y media.

La respuesta viene de Gasparín que, contrario a su costumbre, cruza un par de palabras con Alberto.

—Ya es hora de ir a bretear —dice Jaibo, pero de inmediato recibe una patada de Goyi por debajo de la mesa.

—Yo creo que ya me voy también —añade Alberto pidiéndole al mesero la cuenta de la mesa (no se quiere quedar a la zaga de Goyi, que ya había hecho un par de invitaciones colectivas).

—Lástima que ando en moto, si no las hubiera llevado con mucho gusto.

—No sufra, mae —le dice Goyi—. Nosotros las llevamos.

Y una vez que las damas se dan una vueltica por el baño, todo el grupo sale del local.

17.

La luna menguante se ve amarilla en el horizonte.

Ingrid se baja del carro y se despide de los tres muchachos con un adiós y un gracias colectivo. Ellos le devuelven el adiós y se alejan lentamente.

—¿Y ahora?

—Jale por más birra —dice Goyi—. Todavía es muy temprano.

—¿Y el brete? —insiste Jaibo.

—Primero las birras, cucaracha. Después lo demás.

La nave sigue surcando los mares de la noche josefina con el flaco de Gasparín al volante. Goyi saca la cabeza por la ventana y deja que el viento de las estrellas le mueva el pelo largo en todas direcciones. Mientras tanto, Jaibo parece que va silbando "Happiness in Slavery", pero con él nunca se sabe; también podría ser algo que aprendió en sus años de monaguillo.

Pasan por más cerveza, y luego cogen por el lado de Escazú para subir un poco la montaña. Quieren tomarse las birras en algún mirador desde donde puedan ver las estrellas.

No han pasado ni diez minutos cuando ya ven una estrella fugaz.

—Buena suerte —dice Goyi, y los demás asienten.

Al menos durante un rato el cielo se detiene para ser contemplado, pero pronto pasa. Tienen que recoger las latas, levantar el campamento y bajar la montaña.

El brete nunca espera.

18.

—¡Mi amor, qué hace ahí tan solita?

Anabelle volvió a ver el carro que poco a poco se le acercaba y le entró miedo. Esos carajillos no parecían malos, pero mejor era coger para la casa. Ya era la una y la calle se estaba poniendo fea.

—¡Diay, mi amor, no sea malita, dígame algo!

La muchacha decidió apresurar el paso, pero el carro aceleró para seguir al ritmo de la asediada.

—Vea, muñeca, si usted quiere la llevamos a la casa o le contratamos servicios. No sea malita.

Solo somos tres compas muy solitarios. Además...
—ya Goyi no sabía qué más decirle—, además la
calle está muy peligrosa. Vea, mami, usted nos da
una mamadita a cada uno y nosotros se lo pagamos como servicio completo. Es que hace días
andamos en blanco. Solo un servicito, nada más.

Anabelle por fin contestó:

—¿Por qué no van a la zona roja? Ahí hay de
todo.

Y siguió caminando.

19.

Alberto entra a la casa por la puerta del garaje.
Llega hasta la cocina y abre la refri. De ahí sale
con una tajada de jamón y varias aceitunas en
un plato pequeño. Sube las gradas y va hasta el
segundo piso, donde está su cuarto.

—¿Sos vos, Albertico?

—Sí, mi mama.

—¿Cerraste bien abajo?

—Todo cerrado —mintió el muchacho.

—Buenas noches.

Y Alberto devolvió las buenas noches mecáni-
camente, sin pensar en los tatas ni en los herma-
nillos. Su mente estaba concentrada en la combinación de colores y la distribución de volúmenes.
Iba a usar el abanico de los colores cálidos, pero

tal vez agregaría un poco de azul o gris para dar más profundidad a ciertas áreas.

Al rato encendió la tele. Quería disimular un poco el ruido que hacía al preparar sus materiales.

20.

Tres hombres detrás de una mujer por los callejones de Barrio México. Anabelle lucha por correr con tacones pero es casi imposible, y ellos ni siquiera se esfuerzan porque ya la tienen al alcance. Demonios con cara de ángel, abrazos y gritos en un mismo ritmo de *thrash rock*; luego un pañuelo en el rostro con algo que huele a químico, una repentina pérdida de energía, sueño letárgico que no la deja luchar más, tacones amarillos que vuelan por los aires hasta el carro, el cuerpo entre latas de cerveza vacías, el olor a mujer de la calle con el de la cannabis y el tabaco, bellos labios que no dicen ni sí ni no; cannabis que otra vez pasa la luciérnaga de la fantasía de una boca a otra, sensuales labios de mujer, un calzón rojo apretado y oliendo a musgo femenino, a bosque de líquidos preciosos; Goyi se masturba toqueteando a la muchacha, Gasparín se masturba viendo a la muchacha, Jaibo le recorre los senos y el pubis con las manos y la mirada, tres penes solitarios en medio de la noche rodeando una vagina dormida, un Magritte suburbano llamado "La raza blanca", tres adolescentes con el sueño de ser Robin Hood o tal vez Peter Pan camino a la Tierra de Nunca Jamás; pero el olor de ella es penetrante, profundo musgo latino lleno de perlas doradas, mundo donde ella ya no sueña porque no siente, no siente porque no sueña; al terminar hoy la jornada iba para su casa en los suburbios en busca de un sueño más reparador que el que ahora tiene; mañana había pensado ir al mercado a comprar la comida que la casa necesita, comida para todos que poco a poco se va poniendo mala.

21.

Suena el celular:
—Ya tenemos el regalo.
—Tuanis. Llevalo a la dirección que te di...

22.

La moto Kawasaki se detiene junto a los estudios de La Ilusión S.A. El ocupante camina hasta el lote contiguo y pasa por en medio de unas latas. Lleva consigo un bulto y un foco. Con este último se alumbra hasta llegar al fondo de la propiedad. De pronto la ve más adelante. Está dormida, amarrada a un viejo árbol.

23.

Tres y media de la mañana. Gasparín pasa dejando a Goyi en la casa y se va tratando de no hacer mucho ruido. El muchacho está medio ebrio de sueño pero no se preocupa. Hace seis meses que no tiene que levantarse temprano para ir al cole. Él y sus *droogs* están convencidos de que no hace falta educación con la cantidad de harina que están haciendo.

Ahora él solo piensa en jamarse algo tibio. Calienta un poco de sopa con pan y margarina, y luego cae en el reino de su cama, el lugar —según Goyi— más extraño y más bello de todo el universo.

En el cuarto de al lado, la madre cierra los ojos tranquila al saber que solo Goyi faltaba de llegar a casa.

24.

El espacio en torno al árbol está lleno de cosas diversas: tubos de pintura, brochas, pinceles, bolsas plásticas, utensilios de ferretería y un termo lleno de café con leche. El artista trabaja sin pausa; las rodillas y los codos son amarillos con una espiral ocre que cubre toda la protuberancia. El cuello, la vagina, las manos también pintadas de ocre; y los brazos, para resaltar, son amarillos con largas bandas de naranja y rojo. La cabeza está temporalmente sujetada al tronco del árbol por una pequeña correa de cuero. Así el artista puede pintarlo de naranja y amarillo con ruedas de rojo intenso en los cachetes. El pintor no para de construir su obra. A ratos un poco de café, pero pronto reanuda el trabajo. Los párpados, los labios y el cuello un azul intenso, casi fluorescente. Las palmas de las manos un verde lora que hace juego con las plantas de los pies y el azul de los ojos, los labios y el cuello. Empieza luego la segunda parte: flores, ramas, tallos, pétalos e insectos por todo el cuerpo. El artista ha trabajado estudiando a fondo los frescos minoicos de Creta y Santorini. A veces hay peces que nadan alrededor de una mano, o pequeños colibríes que entran y salen de la vagina como de una gruta de coral en lo profundo del mar; a veces aterciopelados pulpos y anguilas que se esconden en el perineo o salen a pasear por lo ancho de una nalga o un brazo. La fauna marina también incluye delfines azules que parecen estarle hablando a los pezones en conchas de nácar que se mueven en el vaivén de las corrientes. El pintor está satisfecho. Su creación ya vuelve a tener vida propia. Se va entonces a una bolsa plástica y saca los materiales para el toque final. Se siente exhausto, lo confiesa, pero nunca ha estado tan contento y tan creativo como esta noche. Su trabajo de hoy es, sin duda, una obra de arte. Quisiera felicitarse a sí mismo en francés, pero él solo habla español y algo de alemán. Por tanto lo dice en ambos idiomas, esperando que su genio tutelar le haya entendido.

Debe trabajar rápido porque en media hora ya amanece.

25.

Siete de la mañana. Un perro blanco y otro gris están al pie de la escultura lamiendo el pozo que se ha formado en el suelo. La figura está clavada de manos y piernas contra un viejo roble. Es una imitación de crucifixión con todos los detalles incluidos: está desnuda y su cabello cae sobre su cara como en las imágenes religiosas. Sin embargo, hay rasgos muy diferentes, muy personales, según el temperamento del crucificador. Por ejemplo, todo el cuerpo está pintado como si fuera una obra, un lienzo humano de pintura semi-abstracta. Hay animales de las profundidades, líquenes, helechos, medusas y aves de antigua estirpe. Pero también están la cuchilla y las grapas que confirman, en la crucificada, la marca contundente y definitiva de este pintor: los labios mayores han sido cercenados y después engrapados a los labios de la boca. El labio vaginal izquierdo en el labio bucal superior y el labio vaginal derecho en el labio bucal inferior. Luego habrá usado un peine, porque los vellos púbicos están peinados hacia abajo, semejando un escaso bigote y un asomo de barba.

Los senos también han sido mutilados. La chapa del pezón izquierdo se ha insertado en un arete de clavo y luego clavado en la oreja izquierda, mientras que el derecho ha sido puesto de igual manera en la oreja derecha.

Por último, los ojos le fueron removidos. No con mucha pericia, pero sí con un cuchillo o escalpelo que ha hecho unos cortes muy finos. El ojo izquierdo ha sido introducido en el hueco dejado por el pezón izquierdo y luego cosido para que tan solo se vea el iris y el cristalino. Exactamente igual se hizo con el ojo derecho en el seno de ese mismo lado. El efecto es macabro: parece que una mujer-monstruo está atenta mirando a través de sus pechos.

Los clavos que se utilizaron para sujetar el cadáver (de nueve pulgadas cada uno) parecían de hechura casera, o al menos no se consiguen en el mercado nacional. Este fue, según diría la policía más adelante, otro intento por parodiar la crucifixión de Cristo, ya que los clavos que usaban los romanos para sus crucifixiones eran, efectivamente, de siete a nueve pulgadas cada uno.

A pesar de que el cuerpo parece haber sido sodomizado repetidas veces, no hay trazos de semen porque el crucificador debió usar preservativos.

A las nueve de la mañana alguien espanta los perros y llama a la policía.

El cuerpo no es bajado de su martirio hasta cerca de las tres p.m.

La única pista que queda para las autoridades es un pequeño rótulo escrito con sangre de la víctima y clavado en el árbol sobre su cabeza:

"Magritte nuestro,
que estás en todas las mujeres".

El mismo rótulo se viene repitiendo en todos los escenarios desde que empezaron las crucifixiones hace más de un año.

San Juan del Murciélago,
20 de noviembre de 2005.

III.

THE DEEPEST SHADE OF
MUSHROOM BLUE

LONTANO

Estoy en la ducha de mi casa pensando en todo y en nada.

Cierro la llave del agua y siento como las gotas van cayendo... a veces rápido, a veces lento, por las sinuosidades de mi cuerpo. Extiendo un brazo para tomar el paño y de repente, sin más arbitrio que el azar, muchas de las gotas y riachuelos toman rumbos distintos a los primeramente elegidos. Unos se van por la rodilla y otros cogen por detrás hacia la pantorrilla, mientras que otros deciden saltar del trampolín de su Olimpo hacia el oscuro vacío de la bañera. Estos últimos, son los ángeles de Dios.

Al salir de la ducha, pongo un pie sobre el inodoro para seguir el rito de secar la piel llena de ángeles acuosos, y en este momento es cuando por algún instinto muy lejano, muy anterior a mi propia consciencia, miro hacia el techo. Y exactamente sobre mi cabeza veo a otro hombre gordo que, igual que yo, lucha con un paño oscuro por secar sus piernas. La figura está de cabeza, de modo que si extiendo la mano podré tocar nuestra otra mollera, nuestro otro cabello y mentón.

Él sigue secando lo mismo que yo, las gruesas carnes de su entorno, hasta que llega a los dedos de los pies y observo, claramente, que sus extremidades están unidas a otros pies que salen de sus mismas plantas hacia arriba, donde hay otro hombre igual a nosotros en el mismo gesto de aseo diario. También hay alguien más allá de estas paredes semitransparentes como una membrana celular. Frente a mí, debajo de mí y hacia todos los costados, hay individuos con paños y rostros iguales a los nuestros haciendo lo mismo que nosotros. La imagen se repite como un espejo frente a otro espejo hasta que una masa gris y compacta, producida por millones de imágenes en forma de ojo compuesto, constituye un pequeño círculo gris, una célula, un capullo cerrado en algún remoto rincón del bosque.

Esta microscópica burbuja de bañistas aparece en la superficie del bosque de capullos como un punto invisible entre millones que solo se verían bajo un microscopio. Algo para lo que nadie tiene tiempo ni interés. Y así los bañistas, ajenos al hecho de si somos observados o no, nos seguimos secando los pies en el vacío.

Porque en el vacío está el bosque de racimos de bañistas, como en el vacío aparecen los campos y las ciudades que lo componen. La nave de mi conciencia se lanza al aire y el bosque no es más que una débil mancha en la parte central de un delgado territorio.

Más allá, la noche multitudinaria lo cubre todo.

Los océanos en calma brillan a la luz de una débil estrella de secuencia principal, atrapada en el espolón de un brazo galáctico mal llamado "de Orión". Y desde allí pende todo: mi viaje, la conciencia, la luz y la bruma frente a nosotros que son los otros brazos galácticos. Perseo, hacia afuera, y Sagitario, si volvemos la mirada hacia el centro de la galaxia.

Pero mi vista se pierde contracorriente. Sigo el brazo de Orión hasta llegar al centro de la deidad. Frente a mí se abre entonces la Nebulosa del águila, nicho, nido y hogar de Dionisos, principio y fin de esta realidad. Cruzo hacia el brazo de Sagitario y me adentro de lleno en el hogar del dios para luego salir por el lado opuesto, por el lado de Norma y Crux que se extienden en el otro extremo de la galaxia. Más allá se encuentra la gran galaxia gemela, el espejo-cósmico de Andrómeda.

Sigo viajando en un vuelo expansivo que me lleva por el Grupo Local hasta llegar a los bordes de mi súper cúmulo. Lo atravieso hasta que Virgo, el súper cúmulo de súper cúmulos, traza la frontera definitiva de todo lo que existe, porque más allá están los cuásares.

Pero no son otra cosa sino una frontera simbólica. Sigo avanzando por el frío cálido del universo y el entorno se vuelve cada vez más claro.

Vislumbro otra frontera... una curva en el espacio-tiempo; y me digo, como presa de un antiguo recuerdo:

—Tenías razón, viejo zorro. El universo es curvo.

Y no he terminado de sentir estas palabras en mi mente cuando atravieso el límite. La línea que separa todo de todo lo demás. El entorno se vuelve aun más claro y de pronto diviso un puerto de atraque, un punto de arribo desde las estrellas... Parpadeo para mirar con mayor certeza y de pronto reconozco el entorno. Estoy en el borde, en la película de una gota de agua, la redondez de todo mi universo interior responde a esa única esencia: la curvatura de una gota de agua en el universo.

Hace trece mil millones de años nos desprendimos del codo universal y hemos estado cayendo por el aire enralecido de la bañera. Pero pronto, dentro de dos o tres mil millones de años, nuestro *Big Bang* llegará a su fin y arribaremos, ya sea a la rodilla, ya sea a la parte posterior de la pierna, pero de seguro será otro *Big Bang*... otro comienzo para una nueva gota en el universo.

Mientras tanto, caemos con la suavidad de la seda sobre el inmenso vacío.

San Juan del Murciélago,
2 de marzo de 2010.

MAPACHES

Continuum para clavicémbalo

Giörgy Ligeti

*Para los antiguos miembros del
Taller Eunice Odio, 1985-1993.*

No, perdoname; no quise decirte que el ruido fue
en el techo. Y tampoco fui sincero al decir que tus
manos se habían vuelto ásperas.

Perdoname.

Hoy no me siento bien. Esta neblina que cubre
el piso del cuarto en realidad no somos nosotros
mismos.

Sé que hay muchas cenizas y botellas por toda
la casa, un viejo olor a rancio que lo impregna

todo; pero la neblina, esos gatos oscuros que arañan desde el ropero, no somos nosotros.

Y ahora, como siempre, te has quedado sin palabras mientras hundís la cara en mi pecho. Yo quisiera pensar que es amor, pero sé que solo es ese muchacho en la tele. No entiendo por qué te entregás tanto si no es más que una mentira: nadie, creémelo, nadie le echa jabón al café de su padre ni trata de violar, casi llorando, a su vieja maestra.

Sí, debe ser la habitación, porque no hay nada de malo en nosotros, dos sombras perfectamente recortadas. Debe ser la habitación y por eso es que te miento a cada rato: yo no oí nada en el techo sino que te quería asustar; y aquella sensación, la sensación de mapaches... bueno, eso también fue la tele. Y la verdad es que no te estoy diciendo nada. Vos ves televisión y jugueteás distraídamente con mi pecho, pero nada más. No hay nada de particularmente bueno o malo en nuestras vidas, y aun así, sé que estamos bien. Todo está perfecto desde mi último cumpleaños: adoro el regalo que me diste y hasta he aprendido a flotar en tu silencio como un junco de la China. Y ahora que te digo todo esto, ¿te acordás de aquel hombre en la puerta, mojado y tiritando de frío? Bueno, también lo inventé, o tal vez solo lo imaginé, pero era muy feo y lloraba como un niño... o quizás eran lágrimas de risa. No sé. Todo se ha puesto demasiado claro. Yo apagué la lámpara porque está amaneciendo, y vos ahí, jugueteando con mi ombligo y viendo comerciales. ¿No te cansás alguna vez de respirar como una hoja seca? ¿No sentís que los dedos te gotean aburrimiento, proyectos y odio por el mismo sueño de todos los días? Ya te he encontrado en el baño repasando tu viejo recetario y recordando una fotografía de la sala; una de esas que tomamos cuando todavía te decía a diario que te amaba. Yo no sé si me querés o si tan solo lleno tus noches como complemento del televisor. No. Ya no estoy seguro de nada. Creo definitivamente que algo anda por el techo. Sea lo que sea, está ahí, todas las noches, caminando como un ángel de exterminio. Te juro que está ahí y que camina. Y sí... ... sí hay algo más acá de tus ojos. No sé qué hacés cada vez que entrás al baño, pero acerco el oído y escucho raras conversaciones. No te quejás ni te arrepentís. Solo comentás, pero hablás y hablás de mí, de vos y de tus abuelos, de tu niñez soterrada en un apartamento minúsculo. Luego gritás totalmente en silencio tus errores de adolescencia. Y para cuando terminás, ya el café está listo. Luego me besás, recogés las tazas y yo insisto en que sí, en que hay algo raro en el techo. Me ha parecido oírlo jadear una que otra vez y, cuando te lo voy a contar, descubro que dormís y que te amo. Entonces me digo que un té será lo ideal y hablo y hablo buscando las pantuflas hasta que me orino. El baño está sucio. Hay agua en el piso y con un crayón apuntaste un número en el espejo. Parece un teléfono más de hombre que de mujer y furioso me voy a la cocina. Quisiera tirar las cosas para darte a entender que estoy despierto y, efectivamente, dejo caer la cafetera. Es entonces cuando suenan las botellas de la última fiesta en la sala. Los mapaches, pienso. Y cuando llego, ahí están. Son tres... Grito de terror asido a la pared pero aun en el mismo grito se van desvaneciendo... Ya no están. La sala sigue sucia con botellas, platos y viejas servilletas por doquier. Alguien quemó el sillón grande con una brasa. No quiero quedarme allí porque todo suena con un ruido de carcajada hueca. Corro la cortina para ver otro atardecer, otro enmudecimiento de la vida que poco a poco ha ido comiéndose la puerta de entrada. Y es tal vez aquí cuando me acuerdo de vos y reconozco que es imposible que esté anocheciendo, que más bien debe estar amaneciendo. Corro la cortina con más fuerza justo a tiempo para ver el carro del vecino que regresa del trabajo. Me confundo y río. Tal vez me siento en el suelo para tener el tocadiscos a mano. El sillón grande empieza a suspirar como si dos fantasmas estuvieran haciendo el amor sobre él. Quiero reírme y me doy cuenta de que tomé una botella de la mesa y la lancé contra el sofá, pero nada. Los fornicadores siguen en su juego mientras alguien canta. Vuelvo rápidamente a la cama y no sos vos. Ahora asemejan pasos. Presto atención y siento a los mapaches en el ropero y a alguien más zapateando en el techo. Me reconforto porque recuerdo que hay otro apartamento arriba del nuestro. Satisfecho, voy a meterme a la cama pero vos te movés y puedo ver tu cuerpo presionado como por alguien que tenés encima. El espectro invisible aprieta tus pechos y vos suspirás de excitación. Ya no aguanto más. Me pongo la bata y suena con más intensidad la gente de arriba, pero nuevamente recuerdo que no hay apartamento allá arriba. El nuestro es el último. El apartamento superior fue algo que me inventé la semana pasada para tranquilizarme. Sé que no somos nosotros. Esta neblina que cubre la habitación, no somos nosotros.

Y aquel extraño ruido en la alacena: son otra vez los mapaches.

San Juan del Murciélago,
19 de enero de 1987.

CAÍDA LIBRE

Una burbuja en el limbo

FABIÁN DOBLES

buba. *Tumor blando, comúnmente doloroso y con pus que se presenta de ordinario en la zona inguinal, en las axilas y en el cuello.*

DICCIONARIO DE LA LENGUA ESPAÑOLA

Fast Forward ▸▸

La pared azul empieza a desarrollar bubas, excrecencias, pelotas azules que tan pronto se desprenden comienzan a flotar. Se van por los riachuelos de aire de la habitación hasta alcanzar alguna rendija en la puerta o en las ventanas.

Toman, por así decirlo, el "Expreso Mary-Jean", suben hasta el balconcillo de los carros y abren las ventanas para disfrutar más el paisaje. Otras bubitas, las más pequeñas de todas, se hunden en el guindo, en el quicio de la puerta, y de ahí son succionadas hacia el exterior. Son los abultamientos acusadores. Pero, más tarde, dentro de muchos segundos, llegarán a los vellos de las fosas nasales y la madre pegará el grito al cielo. Se limpiará las manos con un pulpo rosado que siempre tiene en la cocina y se vendrá soplada hasta la habitación de este vuestro discreto narrador. Ya no me importa que las bubas o bolitas azules de la pared sigan saliendo. Tampoco me importa ver al pez ángel flotando en la pecera en medio de molotes y molotes de comida descompuesta que le he ido echando hora tras hora. El muy glotón se ha jamado todo lo que le eché hasta que casi estalla. Algo pesado y grande se le atravesó en la arteria cardiaca y hasta ahí llegó la cebra de los mares, el caballito de palo pintado como un frugal almuerzo de león. Pero ya siento que la madre ha dejado al pobre pulpo en paz y la verdad es que dura tanto en llegar que se lo debe haber pasado hasta por el *pubis pro nobis* del alma, es decir, el puente, la caverna de donde todos saltamos a la vida. ¡Mierda que solo nos da bubas azules en la pared y peces ángel muertos de cabanga!, o lo que sea (una vez le eché cabada en la pecera a ver si se la comía y el muy rabanito se alimentó con ella hasta mandársela toda, igual que Marcela, igual que Jefferson, igual que Patricia, igual que Jazmín, igual que todas las perras que en esta vida me he ganado para suave restregada de cuerpos hasta el amanecer). La vara es que las burbujas azules ya no salen solo de la pared. Acabo de ver una salirme de la oreja derecha, o mejor, del huequito del oído. Hizo ¡plop! al salir y luego se fue flotando por el aire del cuarto hasta aposentarse debajo de la cama. Ahí flirtea con el viento y parece moverse según los compases y designios de un piano. Las otras bubas, las del tren verde —¿o era azul?— siguen viajando el viaje de la muerte. Se pegan a las paredes del clóset y muy pronto hacen ¡plop plis sssisssisss! por todo el cuarto hasta que la fragancia de su pequeña supernova me acaricia las pestañas y los pelillos de la cara. Un mundo se acaba y la madre por fin entra y deja caer el pulpo rosa que siempre la acompaña cuando entra a mi cuarto. Me agarra con la torre enhiesta a punto de darle de comer, una vez más, al pececito muerto. Pero lo único que escupe es mi pez, mi *méntula, oh, penipeniculus, méntula, velus pisciculus, méntula*, y se me sube por la espalda la tarántula del *Catulli Cármina* y no siento como golpes los pequeños caracoles de puño cerrado que la madre me propina. Más bien la tomo del brazo. La lanzo contra la cama y la obligo; no, le suplico; no, la obligo a que pruebe el almuerzo del pececito ángel que flota cubierto de nieve en la pecera. La madre grita, grita, grita, grita, grita, grita, hasta formar bubas rojas en la pared y demás superficies de la casa. No la obligo más. Ella sale corriendo despedazando decenas de bubitas en el aire y yo, ya más calmado y desnutrido, me llevo a la boca mi propia cabada.

Play ▶

Entra la china que me tiene ahí desde el martes o desde otro día. Ya no sé cuántos días son de papeles, escritorios, lápices nerviosamente mordidos, basureros, vomitadas, amenazas de fuego eterno sin derecho a teflón y los maes de negro (no necesariamente Will Smith) que se meten la mano dentro de la sotana cuando les cuento mis masturbaciones con mis amigos y las cogidas con Marcela, Patricia, Jefferson, Jazmín etc., etc., etc., *ad bubiam*. Pero entra la china, como ya les dije, y me insulta de una manera solapada. Me llama mal hijo, mal alumno, mala cama, etc. Yo me quejo de esto último y ella decide probármelo. Los hombres de negro salen del cuarto luchando con su propio pez ángel y la china me adentra en su bosque de añil.

Fast Forward ▶▶

Las piernas como dos montañas de Shangri-La. El palacio dorado y blanco que se extiende al sol después de meses de buscar entre las nieves perpetuas. La china me lleva de la mano y caemos por una fuente, una montaña rusa hecha con su piel y llena de vellitos vaginales. Este tren sí que no se detiene. Las pestañas de sus labios estiran y encojen, chupan y acarician para darnos la fuerza de empuje, la electricidad necesaria que nos lleva al palacio dorado, al mundo de las bubas azules, rojas y verdes de la fantasía de Oz. No hay más fricción que el placer de rozarla; y ella, como gigantesca flor de loto en primavera, se abre a la mañana de nieve y nos muestra todas las burbujas, todas las bubas donde en cada una va insertada la cara de un amor, el gesto de un robo, la finalización de un orgasmo, el cierre de un libro, la antorcha de una quema de jueces y padres, la guitarra maniática de Reznor o la nariz violentamente coqueada de River Phoenix. Salen millones de burbujas a conquistar el universo conocido mientras la china, una y otra vez sobre mí, grita el abecedario de su idioma en otras siete o nueve lenguas que le sueltan el pelo. Las tetas de la china en el bosque de la china, un Magritte de bubas amarillas y blancas flotando en el aire de la mañana, como los peregrinos a Roma con antorchas en la neblina de los bosques medievales. La crema de la china frotando mi estandarte hasta que Reznor nos toca "March of the Pigs" y la hermosa doctora china se cae de mi palo por falta de destreza en eso de jinetear machos. Ella, furiosa, pega gritos de horror mientras *la crème de la crème* salta por los aires en busca del orificio de una virgen de las grutas que la pueda acunar los próximos nueve meses; y la china vuelve a gritar mientras el semen viaja cuesta arriba hasta los golosos labios de su vagina. Una vez terminado su orgasmo, la china grita furiosamente y pide auxilio.

Pause **II**

La madre está echando palabras de color rojo bermejo por la boca. Sigue sin soltar el inseparable pulpo rosado que la acompaña a todas partes. Dice que soy un fariseo, un amonita y un filisteo. Que creo en sacrificar víctimas humanas a Baal en lo alto de las montañas y que toco a las mujeres cuando están bañadas en su propia regla. Mi padre dice lo mismo pero en otro tono: que soy un antipatriota, que no creo en el destino manifiesto que dios nos otorga y que, a veces, aunque solo sea a veces, cojo con hombres. La mayor parte del tiempo, según su testimonio, estoy en la cama fumándome a María-Juana, inhalando perico y tomando guaro. Nada de esto me preocupa. El celador ya me ve con mugrosa lascivia y, lo que es mi mama, tal vez quiere que la fuerce una vez más, por eso se opone al encierro y me defiende, pese a que fue la que estuvo más de acuerdo en que yo no la merecía como madre.

Fast Forward ▶▶

El padre pidió tan solo cinco minutos a solas conmigo. Las bubas, grandes y negras, saltan de mi cara, de mi boca, de mi cuello, al estrellarse ruidosamente contra las paredes. El color rojo y negro lo mancha todo mientras mi tata me mete dos dedos por la nariz y me la fractura desde adentro. Luego me patea en el suelo, me daña la columna y yo me cago de tanto dolor. Las bubas color café apestan el cuarto y entran los hombres de negro, una vez más, a masturbarse sobre lo que queda de mi cadáver. Yo levito y pongo cara de Santa Teresa mientras los monjes bañan mi hábito en grotescas marejadas blancas que cuelgan de mi cuerpo. Ya no soporto tanta carga, tanto dolor, y caigo estrepitosamente al suelo.

Pause ⏸

Paso un mes en el hospital. Las bubas y globos de color celeste o amarillo acompañan mi sueño en forma constante.

Fast Forward ⏭

El televisor pasa fotos del lunar de Madonna a escala tres mil. Es un grotesco montículo de mierda en medio del paisaje lunar. Madonna da un beso y de repente es Marilyn Manson posando de Marilyn Monroe. Y Manson, hay que reconocerlo, tiene mejores piernas que cualquiera de las otras dos. El celador de las tres trae la misma caca de todas las tardes: un budín lleno de moscas negras (pasas, según él) sobre el desvaído paisaje de tres o más barbitúricos con avena y azúcar. Mi problema no es la caca sino el celador. Es playo y dice que tengo cara de chiquita. Una noche se me mete a la cama y siento que me voy por un túnel de cacao hasta desembocar en no sé qué glándula hiperroja y muy nerviosa. La tal glándula mide la proporción de mi desdicha o mi felicidad. Su dictamen es felicidad moderada o no cognoscente. Sigo cayendo por el túnel y de paso me topo a la china con unas enormes tijeras en forma de anteojos de gato. Me circuncida durante el coito y luego me manda a seguir el viaje por el húmedo túnel de postres de cacao y chocolate. Pienso en mi pececito ángel ya muy inflado y a punto de disolverse en la pecera de mi cuarto. Los padres probablemente le han alquilado la habitación a un maje de buenos modales y malos pasos, con lo miopes que son. Pero eso me recuerda la herida del padre: mordisco en el cachete que me ha dejado desfigurado (a pesar de lo que el celador diga), la nariz quebrada y los ojos muertos de tanto llorar pensando en mi pececito *méntula, méntula mea, penis, méntula velus pisciculus, méntula mea, penipeniculus ... ... yea... yea... yea*. Sigo la caída de altazor y cuando todo ya es oscuro y nieva en la avenida central de Costra Rasca, siento como las agujas ya no permean ni la piel de libélula que he desarrollado. Mis ojos son un gigantesco mar de espejos y la proboscis con que me alimento me hace vomitar todos los sábados la Big Mac que nos meten por tubos de alegría inocularia. Una orden de papitas, una coca grande y dos *monday* de uva. ¡Pero, cómo que no hay *monday*! Y la proboscis se ve obligada a succionar treintaidós *sundaes* de cada sabor imposible: aguacate, cola de buey, cangrejo, mondongo, hígado de carnero y ojos de mono tití con una cereza encima. El lunar de Madonna ya parece el Mar de las Lluvias y poco a poco nos vamos alejando en caravana a una vida alterna, una muestra de que todo es posible cuando se trata de viajes

en el tiempo y cambios de cuerpo, trasmutacio-
nes indelebles que sin embargo dejan algo de los
otros en nosotros. Yo decido ser un adolescente
de Sinus Iridum, gran metrópolis lunar de nuestro siglo, y recojo plata, recojo a mis compas y
a mi güila y me voy *moon diving*, deporte que se
mide ya no en metros sino en kilómetros. Llego
hasta la cúspide marciana de Mons Nix y desde
ahí dejo que la débil atmósfera de Marte me lleve
lentamente a los próximos treinta años de paraíso. La caída dura para siempre. El viento sobre
un rostro inmortal es indescriptible. Pasa de serlo
todo a no ser nada, y sin embargo sigue siendo
todo.

Toco con las manos el ojo del universo.

Play ▶

Al celador es al que culpan de haber dejado
mi ventana abierta.

Stop ■

San Juan del Murciélago,
Lunes 26 de diciembre de 2005.

CLIVUS, ARIANA Y OMESTES
EN LA CASA GRANDE

Las mareas vuelven de noche.

Yolanda Oreamuno

Concierto para violonchelo y orquesta:
Introducción y Cuatro episodios.

Witold Lutoslawski

Clivus está al pie de la escalinata. Su piel, negra y completamente desnuda, contrasta violentamente con el piso de madera blanca.

Empieza a subir las gradas. Va despacio.

No ve hacia ningún lado en particular. Solamente sube las gradas. Una vez que llega al primer descansillo, se detiene un instante y gira un poco hacia la derecha. El acto es mecánico. No hay nada de agacelado en sus gestos. Solo movimiento mecánico.

Yo me le quedo viendo con el morbo que suele uno utilizar ante la presencia de un hombre negro desnudo. Quiero saber si sus genitales son como dice el mito, es decir, hipertrofiados, enormes, fuera de lo común.

Pero solo encuentro en ellos a un hombre normal, muy joven, tal vez adolescente, y con la piel de gallina.

Es cierto: hace mucho frío en el salón.

Clivus sigue ascendiendo por el segundo tramo y pronto llega hasta el final de las escaleras.

Da media vuelta, y lentamente, otea el camino que acaba de recorrer.

Unos minutos después, comienza a descender.

No mira hacia ninguna parte en particular. Solo baja las escaleras en un acto mecánico que se repite cada vez que pone la planta del pie en una de las gradas.

Lo sigo hasta que vuelve al punto de partida.

Cuando llega al fondo, se queda ahí unos minutos escudriñando la sala. Después, empieza de nuevo a ascender.

Yo sigo las luces de los candelabros que se pierden hasta el final de la galería. Podrían ser veinte o más candelabros desde el pie de las gradas hasta el final que remata en una gran puerta de hoja doble. Está labrada en varias maderas que se distinguen por los diseños barrocos tallados en altorrelieve. No hay paisaje ni personajes propiamente dichos. Nada más que hojas, tallos y flores.

Después de detenerme unos segundos frente a esta múltiple hojarasca, trato de abrir la puerta. Pero no es hasta el fin de varios intentos que esta cede con una lenta pesadez.

Los cortinajes y drapeados que cubren la habitación la hacen parecer un harén lleno de incienso y misteriosas sombras detrás de cada doblez o cambio en la textura de las telas.

Al fondo, en una inmensa cama de roble, está Ariana sentada y mirándome con esos ojos negros que solo a ella le pueden brillar así. Ónix u obsidiana sacada de un puñal de ritos aztecas, sus ojos me siguen por la habitación mientras trato de sortear cortinas y drapeados para poder llegar a ella.

En la galería, alguien se ha puesto a ensayar la *cadenza* de un concierto para chelo.

De repente las cortinas se hacen más transparentes, más invisibles ante los rayos de luna que entran por las ventanas de la gran habitación.

Su luz también ilumina de gris toda la galería.

En medio de estos cortinajes, bailando en la brisa, Clivus va apagando, uno por uno, los candelabros del amplio corredor.

Reina la oscuridad ahí donde la luna no asoma su rostro lechoso.

Ariana saca un peine de ónix y empieza a peinar sus largos cabellos negros hasta que noto también su total desnudez. Los cabellos le caen sobre los pechos blancos, creando otra fila de cortinajes y drapeados sobre la hermosa figura.

Entra Clivus con el último candelabro encendido y su ama le dice:

—Acuesta al niño.

El muchacho se va por la galería, iluminando a su paso las figuras y filigranas del techo dividido en pequeñas bóvedas de madera. Cada vez que pasa por debajo de una de ellas, se despiertan los lares más ocultos. Vuelven a la vida viejos rostros olvidados y de repente parece que desearan conversar con la luz, pero no más han empezado, la luz del candelabro se aleja, dejándolos de nuevo en la más completa oscuridad.

Clivus sale al gran patio central: una inmensa gramilla cuadrada rodeada de una acera de piedra finamente pulida.

Empieza a llover.

No es Clivus quien va a acostar al niño sino yo, intrigado por los habitantes de esta casa.

La lluvia se vuelve una perniciosa tormenta que lanza agua del cielo como queriendo ahogarme en su furia de medianoche.

Caigo al suelo sobre la piedra pulida del patio interior y me doy cuenta de que tiene escritura, en su mayoría muy legible. Son relatos de vidas anteriores pintados en una brea negra sobre la piedra alisada. Amigos y parientes de los muertos de esta casa que se perpetúan en las historias escritas sobre las losas del patio; y, sobre todas ellas, un espeso barniz que las cubre y las protege del agua y demás agentes. Trato entonces de caminar sobre la gramilla, pero me resbalo y pierdo el equilibrio. La lluvia la ha impregnado al punto de que me hundo en ella incluso por encima de los tobillos. No queda más que cruzar a gatas. Avanzo lentamente hasta que por fin llego al otro extremo del patio.

Ahí me espera Clivus con el mismo candelabro encendido. No sé cómo cruzó él.

Ya no importa.

Subo las gradas de madera hasta el segundo piso sin preocuparme de estar mojado.

Arriba, Clivus me espera con un candelabro y una toalla. Tomo ambas y sigo hacia el cuarto del fondo, una habitación a la que se accede también por medio de una enorme puerta de dos hojas.

Al cruzar la galería y encaminarme hacia la gran puerta, esta, con un lento chirrido, se va cerrando. Corro entonces para atajar la puerta, pero no llego a tiempo. Se cierra con un golpe hondo y seco que retumba en toda la casa.

Empujo entonces con toda mi fuerza para abrir hasta que logro que las pesadas hojas rechinen y la puerta se abra si acaso unos centímetros. Pero no sigo más. Estoy exhausto y siento escalofríos ante la humedad de la noche. Es evidente que la mojada en el patio no me hizo bien.

Clivus ha cruzado la galería con su habitual parsimonia y ahora llega junto a mí para ayudarme a terminar de abrir la puerta. Empujamos entre los dos y por fin logramos que se abra.

Tan pronto hemos entrado, la risa de un niño invade la habitación. Parece venir de las cortinas de la ventana que aún se mecen al viento tras la breve tormenta. Me acerco a las cortinas y, en un rapidísimo gesto, las descorro.

Un gato blanco sale maullando a toda prisa.

En una esquina de la gran habitación hay una mesa de caoba. Sobre ella hay un tren eléctrico y todos los aditamentos necesarios para que un niño juegue largas horas con su transporte de pasajeros. El tren toca su aguda bocina y empieza a recorrer el itinerario circular sobre la mesa.

Clivus sonríe de repente. Es la primera vez que su rostro muestra algún gesto particular.

El trencito aumenta su velocidad hasta un nivel peligroso.

Clivus empieza a reír.

El juguete por fin se descarrila y hay un chisporroteo sobre la vieja mesa.

De nuevo una risa de niño en la habitación.

Y las cortinas también se mueven.

Decido volver a investigar de propia cuenta el movimiento de las cortinas, pero solo sale un gato (esta vez gris) que maúlla perezosamente.

La risa del niño se pierde lentamente entre las bóvedas de la galería.

Clivus vuelve a su actitud enhiesta y cierra lentamente las ventanas de la habitación.

De pronto noto algo que no había visto antes: en el fondo de la inmensa habitación hay un baldaquín con sus cortinas descorridas; y en la cama, sobre lo que parece ser una gran cobija roja y dorada, el cuerpecito de un niño.

Me acerco para ver mejor al ocupante de la cama y resulta ser lo que supuse: un niño de unos seis años dormido sobre la cobija dorada como si estuviera en capilla ardiente.

Me acerco más y noto algo extraño en su cabeza: una corona, o más bien una cornamenta pequeña, como correspondería a alguien de su edad, pero en definitiva no a su especie. Son dos cuernos de carnero que poco a poco van saliendo del cráneo del niño.

Clivus se acerca al cuerpecito y lo arropa con la misma cobija dorada. Luego le pasa el revés de la mano por una de las mejillas y empieza a cerrar las cortinas del baldaquín. Antes de que su imagen desaparezca de mi vista, hago el mismo gesto de Clivus: paso el revés de mi mano por una mejilla del chico y de pronto me doy cuenta de la importancia de este ritual.

No es un niño, sino apenas su cadáver.

Después de cerrar la gran puerta que da al corredor, un viento frío vuelve a invadir la galería.

Se apagan todos los candelabros.

Clivus y yo avanzamos por los corredores vueltos a iluminar por la luz de luna hasta llegar a la puerta de salida. El muchacho me deja ahí.

Regresa a la galería y empieza a subir las gradas con el mismo empeño de antes.

Yo salgo a la noche para cruzar el patio. Miro las historias de tantos seres del pasado y de pronto entiendo el itinerario de esta antigua casa.

Como el tren de juguete en la habitación de Omestes, su ruta es eternamente circular.

Cada noche muriendo en el patio bajo la lluvia.

Cada madrugada escondido entre las sombras de la casa.

San Juan del Murciélago,
27 de febrero de 2006.

IV.

DIAMANTE LOCO

MERCANDO CARNE

Dígame, señora Chepa:
¿no le gusta más pelada
y olorosa a yerbagüena,
y con lazos en las puntas,
y aspergiada de canela...

AQUILEO J. ECHEVERRÍA

La señora Matilde apresuró el paso. Ya eran las nueve de la mañana y aun tenía muchas compras que hacer para el almuerzo. Cruzó la calle a pequeños brincos tratando de no pisar las hileras de boñigas que se distribuían a lo largo de los carriles.

—Gente más cochina —pensó la dama—. Así nunca vamos a salir del subdesarrollo.

Y tratando de que los zapatos de cuero negro no se le llenaran de caca, siguió su camino hacia el mercado.

Don Isidro, como siempre, tenía la radio a volumen bastante asequible para los parroquianos de las inmediaciones. Música de *El gato pardo* o *Las bodas de Luis Alonso* que siempre le alegraban el corazón mientras volaba hachazos a diestra y siniestra.

Cuando doña Matilde entró no había nadie en el mostrador pero se oían los hachazos en el fondo, y a don Isidro diciendo:

—¿Entendés, muchacho? La pierna la abrís en este punto y luego le das bien duro. Eso parte las coyunturas. ¿Entendiste?

—Sí, don Isidro —contestaba la voz minúscula de chiquillo novato que estaba siendo entrenado en la carnicería como asistente del viejo dueño.

El "¡Upe!" de doña Matilde fue respondido con un "¡Ya voy!" potente de don Isidro.

El carnicero llegó al mostrador limpiándose las manos en el delantal y colocándose en el rostro la sonrisa con que siempre recibía a sus clientes.

— ¿Cómo me le va, doña Matilde? ¡Qué bueno verla hoy por aquí!

—¡Baahh! —responde acremente la señora con una mueca de la cara—. El otro día me vendió una carne que ni con tres horas de fuego se suavizó. ¡Jmmm! ¿Está seguro de que era espalda y lomo?

Don Isidro se retoca el bigote con algo de incomodidad. Mira a su clienta con ojos de fingida sorpresa y responde candoroso.

—Hasta la pregunta ofende, doña Matilde. ¿Qué iba a ser si no?

Ella le devuelve otra mirada de escepticismo, pero también quiere sacarle partido a la conversación:

—Bueno, pero entonces hoy me va a dar algo especial, ¿verdad?

El otro la sigue mirando con ojos de paciencia:

—Faltaba más, doña Matilde. Y solo para que vea que quiero quedar bien con usted, y no porque crea que le haya metido gato por liebre.

La cliente lo mira un instante y luego accede, cambiando un poco el tono de voz.

—¿Qué tiene hoy, así como de veras especial?

Don Isidro contesta fingiendo ser un primor. Más parece un vendedor de perfumes franceses que un carnicero de barrio.

Se agacha debajo del mostrador y saca una bandeja llena de manitas en chicharrón.

—Estas son tiernitas, tiernitas. Vea que ricura —y le pasa una a su clienta para que la pruebe—. Es que a esa edad son muy gorditos, doña Matilde. ¿Qué le parece?

La señora mastica con lentitud y las manitas le parecen sabrosas. Más bien súper sabrosas, pero no se lo dice al carnicero.

—Están bien —dice con tono lánguido y algo indiferente—. Pero hoy no estoy pensando en chicharrones. ¿Qué tal unos muslos?

—Tengo muslo pequeño y otro más grande. Los dos tiernitos, claro.

—¡Naaah! —contesta la viejilla nasalmente y arrugando la cara—. A mi marido no le gusta el muslo peludo. ¿No tiene de hembrita? Son más limpios.

Don Isidro la mira una vez más con paciencia y siempre tratando de esgrimir una sonrisa. Luego toma la bandeja de las manitas en chicharrón, la pone en su lugar y escudriña entre las carnes para ver si hay lo que quiere la vieja doña Matilde.

—Tengo unos de hembra madura. Tienen pelos pero menos que los otros.

—A ver —dice doña Matilde en tono profesional.

Revisa los muslos de hembra y los ve grandes y apetitosos.

—¿No están muy gordos?

—Doña Matilde, los de hembra siempre son un poquito más grasositos. Por eso son tan suaves.

—Bueno, deme tres —termina diciendo la dama en tono de condescendencia.

Y de repente ve algo colgando detrás de otras carnes: ¡Un ejemplar tiernito, entero!

—¿Cuánto por ese de allá? —pregunta fingiendo un poco de indiferencia.

—¿Cuál? ¿El machito?

Doña Matilde entonces se da cuenta que todavía tiene la cabeza y que de veras es macho.

—Sí, pero no me lo va a vender con todo y cabeza, ¿verdad?

—Pues así es como viene, doña Matilde, con todo y cabeza. Yo se la puedo cortar después, pero primero se lo peso entero. Y viera lo buena que es la cabeza para hacer sustancia.

—Bueno, déjeme verlo...

El carnicero descuelga el cuerpo y lo tiende en el amplio mostrador para que la clienta lo inspeccione, aunque no la va a dejar que lo manosee mucho.

—Véalo, doña Matilde, de diez añitos, ya bien destripado y limpiecito.

—Pues no tanto. Vea toda la sangre que tiene.

—Ah, eso es que no lo despellejaron para que usted pueda hacer una sopita como Dios manda. Todas las vitaminas están en la piel, ¿ve?

El carnicero entonces le pasa a su clienta el habitual par de guantes de goma para que revise la mercadería con cuidado sin manosearla y echársela a perder. La señora se pone los guantes y abre con cuidado el corte del vientre. Por dentro los órganos, pellejos, e intestinos ya han sido removidos, pero hay un poco de pulmón aún adherido al tórax. La señora se lo hace ver y don Isidro, con manos expertas, remueve los residuos pulmonares y le da a la señora su habitual mirada de cansancio mezclado con cortesía.

—¿En cuánto me lo deja?

Don Isidro pone la carne en la báscula, medita unos segundos y luego agrega:

—Por ser usted, seiscientos quince.

—¿Y me le quita la cabeza?

—Sí señora.

—¿Y me le corta todas las puntas de los dedos de las manos y los pies? Las uñas me dan asco.

—Sí, señora.

—¿Y me lo despelleja y me lo manda con el chiquillo a la casa?

—Sí, señora —vuelve a responder el carnicero siempre con fingida cortesía pero en el fondo muy contento por la venta que acaba de hacer.

La señora sonríe satisfecha y busca en su cartera mientras el carnicero también pesa los muslos de hembra y luego empaqueta todo con cuidado.

—Se lo mando todo dentro de una hora. Tomasillo ahorita está ocupado aprendiendo a destazar.

Doña Matilde le da el dinero convenido y se va feliz. Ni siquiera tiene la cortesía de despedirse.

Don Isidro la ve marcharse muy oronda y luego regresa al fondo donde el muchacho está cortando carne. Los cortes que hace son débiles y mal apuntados. El carnicero mira para el cielo y dice:

—¡Cristo eterno, ayudame!

Toma el hacha con que estaba trabajando y le dice al chiquillo:

—Dejá eso, que tenemos que trabajar rápido. Le acabo de vender a la vieja de doña Matilde una carne que la roca no se merece.

Luego va al congelador y con sus poderosos brazos alza y saca un cuerpo muy pequeño. No es una cría sino un ejemplar maduro, de hecho viejo, pero muy pequeño, casi del tamaño de la cría.

—Hay que cortarle los dedos y la cabeza. Luego te enseño cómo despellejarlo. La vieja esta quiere calidad, pues le damos viejo a la vieja ¿Qué te parece, Tomasillo?

Y el asistente se muere de risa mientras coge las tenazas para ir arrancándole la punta de los dedos a la carne.

—¡Está duro! —dice el aprendiz mientras va cortando las falanges una por una.

—¡Pues claro que está duro! —ríe don Isidro—. ¡Muerto y destazado ya estando bien viejo; tres meses en el congelador y más duro que mi abuela!

El aprendiz sigue riendo pero se detiene un momento para ver a don Isidro. El enorme carnicero ha concentrado toda su atención y su peso en el hacha que ya viene por los aires para decapitar el anciano cadáver. Un sonido sordo como el de un gran *gong* de madera. Una cabeza que sale volando por los aires, y un hacha que se entierra en la mesa de destace.

Una hora después, Tomasillo lleva el gran paquete al hombro, rumbo a la casa de doña Matilde.

La Mirada,
22 de marzo de 2011.

RESTAURANTE
LA VÍA LÁCTEA

Styx

GIYA KANCHELLI

Los rumores sobre este lugar siempre se han contradicho entre sí. Algunos afirman —con tono de mucha autoridad en el tema— que las instalaciones recorren entre doce y catorce kilómetros a lo largo de una playa desierta, mientras que otros, tal vez más subjetivos y soñadores, coligen que el edificio no tiene fin; y afirman de inmediato (como para reforzar su credibilidad) que eso es posible debido a la naturaleza del mismo. Esto último, por supuesto, siempre lo dejan sin explicar y acto seguido cambian de tema.

Sea cual fuera el caso, el día de hoy doña Doris y su marido, don Plauto, por fin recibieron una llamada telefónica confirmando su ansiada reservación para el día siguiente a las once y veinte de la mañana.

El matrimonio Guárdez casi no pudo pestañear durante toda la noche, de la pura emoción.

A las seis de la mañana, una limosina blanca (en el más ostentoso estilo Hollywood) se detuvo frente a su casa, y ambos señores, vestidos para coctel diurno, no hicieron esperar al chofer. Los Guárdez pertenecen a la más rancia oligarquía costarricense, por lo que consideraban una genuina ofensa no haber logrado (hasta ahora) una invitación para almorzar en tan exclusivo lugar.

Fueron advertidos insistentemente por amigos y parientes de que esa no era una buena idea, pero desde la triste muerte de su hijo adolescente, Jefferson, hacían todo lo que se les venía en gana. Una suerte de *carpe diem* vengativo de clase alta.

Lo primero que les extrañó del transporte fue su falta de detalles interiores, claro contraste con el exterior y la puntualidad de la limosina. No tenía la misma parafernalia que se acostumbra en estos casos, tales como cantinita portátil, televisión, teléfono e intercomunicador. De hecho, estaban incomunicados y no podían dar ningún tipo de orden al chofer. Lo segundo, aunque no era una molestia, también los sorprendió: arribaron al aeropuerto en cinco minutos, algo imposible desde su ubicación geográfica. Pero lo dejaron pasar, quizás por estar más concentrados en lo que verían al llegar a su destino.

Tanto los trámites de aeropuerto como el vuelo en sí fueron rutinarios. La única cosa que incomodó un tanto a doña Doris fue no ser ubicados en primera clase. Empezó a majaderear hasta que finalmente su cansado marido llamó al sobrecargo.

—Nosotros somos Doris y Plauto Guárdez, de los Guárdez de...

—Sí, señor —contestó el muchacho con una sonrisa de comercial de dentífrico—. Ya sabemos quiénes son.

—Entonces, ¿por qué no estamos en primera clase?

El sobrecargo volvió a encandilarlos con la sonrisa y agregó:

—En este *charter* todos los asientos son de primera clase.

Y no esperó a que los perplejos señores reaccionaran. Se alejó rápidamente para atender a otros pasajeros que también lo estaban llamando.

El arribo fue espectacular. Desde su ventanilla, el matrimonio Guárdez podía ver una terminal aérea que no hacía justicia a su nombre pues no parecía tener fin. Pronto comprendieron que no era la terminal propiamente dicha sino el celebérrimo Restaurante La Vía Láctea, su destino final. Doña Doris se tomó unos minutos para dejar de mostrar, inconscientemente, la refinada ortodoncia que con los años había llegado a acumular.

La majestad que se levantaba frente a ellos parecía una especie de mezcla entre templo egipcio (con su nave central de veinte metros de alto) y un templo griego tardío. Algo así como el fabuloso altar de Pérgamo pero en proporciones totalmente descomunales. Y luego lo más comentado por quienes lo habían visto: hacia ambos lados, derecha e izquierda, el edificio —confirmando tanto hiperbólico rumor— no parecía tener fin. Todo aquello los hacía sentirse minúsculos puntitos en medio del Altar del Cielo, por lo que tanto don Plauto como su esposa estaban completamente inertes y congelados. Pero en su ayuda vino rápidamente un elegante acomodador en chaqueta y corbatín blanco. Los saludó respetuosamente por su apellido y luego los condujo al interior del edificio. Doña Doris tuvo que agarrarse de su marido porque las proporciones de la estructura le estaban causando mareos, incluso una pizca de náuseas; pero la dama se aguantaba todo con tal de almorzar en tan extraordinario entorno.

Una vez adentro, su sorpresa fue aun mayor. El número de mesas era incontable, y éstas, al igual que el edificio mismo, se perdían en ambos sentidos; era pues, una galería de columnas sin fin. Por doquier había meseros tomando órdenes a miles, sino centenares de miles de comensales. Las mesas se disponían en posición de panal de abeja pero los expertos meseros y meseras parecían flotar entre ellas sin ningún problema. Entre cada cien de estas mesas, más o menos, se abría un espacio para algo decorativo. A veces era una fuente con flora exótica, o bien un cantante, o a veces un podio donde una mujer de voz melodiosa y traje angelical leía pasajes de libros sagrados; a ratos, clones de Marylin Manson o John Lennon; o bien, un cantante de ópera trabajando un repertorio discreto que no apabullara a los demás. Lo mismo hacían los roqueros, como si todo aquello no fuera más que hologramas o imágenes cuyo volumen se podía controlar con tan solo manipular unos controles.

Quizás el más sorprendente de estos presentadores era un *castrato*, un hombre de unos treinta años que cantaba piezas del renacimiento tardío. Por todo esto nadie podía quejarse de que La Vía Láctea tuviera poca variedad musical o simplemente no complaciera *todos* los gustos. En otro de estos podios se encontraba un clon u holograma de Julio Jaramillo cantando boleros de amor despechado. El matrimonio Guárdez era muy afecto a este cantante, por lo que pidieron sentarse lo más cerca posible del famoso bolerista.

Si bien las alas del edificio parecían ser infinitas, el fondo no lo era. Recorría unos cien metros donde remataba en las inmensas columnas antes mencionadas. Estas daban al mar brindando un panorama realmente hermoso. Los comensales de esa zona eran protegidos por cortinajes de algodón naranja (tejido a mano) que daban a todo el ambiente un color ámbar, tenue y acrisolado. El viento también hacía que estas cortinas se movieran suavemente, produciendo además un constante cambio de luces y sombras. Todo el efecto en conjunto parecía otorgar a la inmensa estructura un cierto aire de sueño y religiosa pompa ancestral.

Cuando el mesero acomodó a los Guárdez en la sección deseada, inmediatamente inquirió sobre las bebidas. Doña Doris se tomaría un daiquirí con gotas de menta y don Plauto un whiskey etiqueta azul. El mesero sonrió y se fue sin anotar nada.

—Espero que tenga buena memoria —comentó doña Doris mirando discretamente en derredor.

De repente su burbuja de estatus social se reventó con una fuerza tan telúrica que produjo ondulaciones en el holograma de Julio Jaramillo. Tocó con una mano a su marido y volvió a ver a unas tres o cuatro mesas de distancia. Un grupo de adolescentes fumaban lo que parecía ser marihuana mientras uno de ellos inhalaba un polvo blanco. Los cuatro reían bulliciosamente y pedían al mesero de su área que les trajeran más.

Doña Doris estaba a punto de entrar en coma, pero un nuevo trauma no se lo permitió: detrás del holograma del bolerista había una mesa con tres indigentes desarrapados que estaban saboreando lo que parecían ser hamburguesas de doble torta, fumando en pipeta algo que olía espantoso y tomando pachitas de Cacique a pico de botella. Y lo peor: justo en la mesa siguiente había cuatro monjitas tomando sopa y bebiendo vino blanco como si los indigentes o los adolescentes drogos no existieran.

En eso llegó el mesero.

La Sra. de Guárdez hizo un extenso listado de reclamos y quejas que más o menos atarantaron al servidor, pero este no le dio mayor importancia a la actitud de la señora. Una vez terminado el rosario, el muchacho explicó la naturaleza abierta de aquel restaurante donde *cualquier* persona podía almorzar. Era un lugar para todos, enfatizó de nuevo el mesero, y no solo para gente bien.

—Pues siendo así, nos vamos —dijo don Plauto poniendo la servilleta en la mesa y pidiendo un reembolso de la ostentosa suma que él y su mujer habían pagado por este *tour*.

—Me temo que ya no es posible —continuó afablemente el mesero—. Una vez contratado el servicio y llegado el cliente al restaurante, ya no hay reembolso.

Don Plauto sintió que la sangre le hervía. Se iba a poner de pie para cachetear al mesero o hacer algún otro desplante solo por desquitarse con alguien, como siempre hacía cuando era contrariado o sus expectativas eran defraudadas. Ya las bravuconerías y rabietas del señor eran bien conocidas en los medios financieros de San José, pero por alguna extraña razón esta vez no pudo desahogarse. Tan solo atinó a levantar su vaso de whiskey y tomarse un buen trago. Bufó un par de veces y con costos alcanzó a espetar con altanería:

— ¡Tráigame al gerente!

—De inmediato, señor —respondió el mesero con una sonrisa de comercial muy parecida a la del sobrecargo.

Pero antes de que llegara el gerente de aquel inmenso emporio, el mesero, ya conociendo casos como el del matrimonio Guárdez, chasqueó los dedos mirando hacia una de las meseras, y esta de inmediato apareció con otro whiskey azul doble y otro daiquirí para la decepcionada señora de Guárdez.

Don Plauto tomó aquello como un gesto de disculpa y se apaciguó levemente.

Mientras tanto, los adolescentes seguían en su paraíso de drogas y los indigentes en el suyo. Las monjitas también avanzaban en el menú. Habían pasado de sopa de pollo a cuatro mariscadas *all'arrabbiata* y dos o tres botellas más de vino.

—Señor y señora Guárdez, ¿en qué les puedo servir?

La voz parecía venir de ninguna parte.

La pareja volvió a ver en derredor sin encontrar a nadie, menos al atildado y elegante gerente que esperaban los atendiera de inmediato.

De repente se oyó de nuevo la voz:

—Aquí abajo, a su derecha, señor Guárdez.

La pareja miró hacia abajo y se toparon cara a cara con un enano. Doña Doris casi pega un gritito del susto, pero su buena educación la contuvo a tiempo. Su marido, sin embargo, no fue tan discreto.

— ¿Qué putas es esto? ¿La Isla de la Fantasía? ¡Pedí que me trajeran al gerente y me traen a su limpiabotas!

—Lamento decepcionarlo —respondió parsimoniosamente el enano mientras se retocaba el corbatín—, pero yo soy el gerente.

Don Plauto tuvo algo de problemas para adaptarse a la idea, pero al fin soltó todo su disgusto:

— ¡Mi esposa y yo hemos estado en lista de espera dos años y medio, para que a la hora de las horas nos sienten entre una jauría de güilas drogadictos y *Los tres chiflados* en versión hedionda! Esto es intolerable señor... este, señor...

—Nyktelios... Yorgos Nyktelios. Soy de origen griego.

—Pues mire, señor... eh... don Yorgos. Es evidente que se ha cometido un error. Mi señora y yo pagamos billete sobre billete por estar aquí hoy. No me va a decir que esas monjitas y esos indigentes pagaron lo mismo, ¿verdad?

—No, claro que no. Ya sabe usted el refrán: "De cada uno según sus posibilidades".

Dichosamente don Plauto era un asno en lecturas marxistas, so pena de que se hubiera enfadado aún más.

La conversación continuó por buen rato sin ir a ninguna parte, pero los empleados estaban al tanto. Cada diez minutos, el mesero o la mesera (también de sonrisa impecable) traía una ronda de whiskeys, daiquirís y vino de Creta para don Yorgos. Los Guárdez fueron aflojando sus constricciones sociales y finalmente hasta empezaron a reír. Tomar con el gerente los hacía sentirse más importantes, aunque pareciera que estaban consumiendo licor con un chiquito de diez años.

A la hora de estar tomando vino con ellos, el gerente se disculpó y dijo que debía seguir en su trabajo de administración.

—SSiíí, hombre, adelante —repuso don Plauto con la lengua ya medio enredada.

Y luego, dirigiéndose a su esposa:

—Vess, mujer. Uno tiene que imponerrr suss propios términos. Si no se lo comen vivo en este hijuepuuta mundo.

Doña Doris no recordaba que hubieran llegado a un acuerdo con el gerente, pero tal vez se le había escapado al estar un poco mareadilla, aunque se sentía bien.

En eso volvió el mesero para tomar la orden de los señores.

—¿Están los señores listos para ordenar?

—Clarrro, muchacho, desde hace rrrato. ¿Dónde te habíass metido?

El mesero solo los encandiló un poquito con un asomo de sus dientes.

— ¿Y el menú? —preguntó doña Doris.

—No lo tenemos, señora, porque no lo necesitamos. Nos especializamos en cualquier cosa que ustedes deseen pedir. Mejor dicho, nos especializamos en toda la cocina del mundo. Por eso nos llamamos La Vía Láctea —concluyó con un dejo de orgullo.

Los Guárdez se miraron uno al otro, incrédulos. Don Plauto hasta recobró un poco la sobriedad.

Despidieron al mesero por unos minutos más y se pusieron a confabular. No creían en tan arrogante aseveración, así es que decidieron probar como falsa la rajonada del meserillo.

Cuando el muchacho volvió —siempre encandilando con los dientes— solicitó sus órdenes.

Don Plauto había sido diplomático en Oriente, así es que hizo un esfuerzo por recordar las cosas más raras que había probado por aquellas tierras. Pidió un plato de jabalí mongol en moje de lcchc agria, una orden de berenjena cocida en salsa picante chai-chai y empanadas rellenas de arroz dulce estilo tailandés.

Doña Doris, al ser menos conocedora que su marido de platos exóticos, pidió la cajonera langosta a la termidor, arroz estilo chino y (esto sí fue sorpresivo) cajetas de leche de yak. (Sospechamos que a veces veía el canal cultural en cable).

El mesero no anotó nada. Encandiló amablemente por enésima vez y desapareció hacia la cocina.

Mientras esperaban sus platos, los Guárdez se dedicaron a escanear con más detalle todo lo que estuviera al alcance de su vista, y que habían estado a punto de perderse por algo que don Plauto llamaba "una reacción espontánea de la sangre azul que uno lleva en las venas".

Su esposa, como dama de sociedad siempre previsora, había traído sus binoculares de ópera por lo que potis.

—¡Oh, mi Dios! —espetó de repente la señora—. ¡Mirá quién está como a cincuenta metros después del *castrato*!

Don Plauto, miope de toda la vida y ahora medio jumas, tuvo que sacar los culos de botella que solo usaba en emergencias para luego ver a través de los binoculares, y así quedó tan patidifuso como su señora. No muy lejos del melodioso grupo roquero U2 (que ellos conocían por los gustos de sus hijos), estaba sentada la recién canonizada Santa Erzsébet de Báthory-Bombay, primera santa de la recién fundada Iglesia Judeo-Cristiana. Esta era una amalgama de las dos religiones y afirmaba categóricamente que la Iglesia Católica y la Nación Judía se habían separado, dos milenios atrás, por razones más políticas que religiosas. Así pues, ellos pretendían corregir un error bimilenario. Santa Erzsébet de Báthory-Bombay había sido canonizada en vida por una gran serie de milagros confirmados a su haber, entre ellos el cuido y alimentación de los indigentes de Bombay (igual que la católica Madre Teresa había hecho en Calcuta), haber participado activamente en la vida política de la ciudad representando a los más desposeídos, y realizar exorcismos muy exitosos en niñas y adultas con síndrome de Down. Pero sobre todo —y lo que la hacía más famosa que la monja de la competencia—, era su extraordinaria habilidad para olfatear y matar vampiros. Según consta en los registros de la Iglesia Judeo-Cristiana, la santa monjita ya se había despachado a unos seiscientos de ellos.

Los Guárdez estaban tan emocionados de aquel descubrimiento que olvidaron todos los inconvenientes anteriores y ni siquiera repararon en los comensales que acompañaban a la vampiricida. Eran ni más ni menos que la famosa monjita de la competencia y un papa recién fallecido. Valga decir, aquella era una mesa santa como no se había visto desde La Última Cena.

Doña Doris quiso ponerse de pie para ir a recibir la sagrada bendición de Santa Erzsébet, pero algo indescriptible no la dejaba moverse de su asiento. No sabía qué era, pero lo interpretó como un designio divino.

En eso llegó el risueño mesero balanceando todos los platos solicitados. Una asistente también traía más bebidas de lo mismo y palillos de pan con queso provolone. Ellos los llamaban humorísticamente *bred styx*.

—Ustedes ni saben escribir en inglés —se burló el acaudalado marido.

El mesero se permitió una sonrisa muy amplia pero no dijo nada; tan solo se limitó, junto a su compañera, a disponer los platos en el orden que correspondía a cada comensal.

Los Guárdez vieron con absoluto asombro como cada platillo solicitado había sido traído y servido oportunamente. Y más allá de eso, resultó que el jabalí mongol en moje de leche agria sabía aun mejor de lo que el ex-diplomático podía recordar, mientras su señora se deleitaba con las cajetas de leche de yak, también más sabrosas de como las imaginaba, hasta hacerla soñarse allá en las afueras de Ulán Bator.

Esto les cambió mucho el ánimo, y hasta empezaron a ver a los adolescentes no lejos con algo de cariño y nostalgia. Recordaban a su hijo Jefferson, desaparecido antes de llegar a la mayoría de edad, pero esta vez sin llanto y sin desafueros melodramáticos. Era apenas un hermoso recuerdo que siempre viviría en ellos.

El jabalí, las berenjenas y parte de la langosta se invisibilizaron en menos de media hora, mientras las rondas de daiquirís y whiskey híper caro seguían llegando uno tras otro.

Una vez terminado el almuerzo, los Guárdez volvieron a su pasatiempo de ver gente con los binoculares de ópera de doña Doris. Los meseros empezaban a recoger platos, servilletas, tazones y otras cosas dispersas sobre los manteles ya sucios. Lo único que dejaban a sus clientes eran las bebidas. Los adolescentes de no muy lejos estaban tomando cerveza como si no hubiera mañana, mientras las cuatro monjitas ya iban por su octava o novena botellita de vino. Su Santidad, aún no percibido por los papás de Jefferson, les iba haciendo pique a las monjitas, pero en su caso con vino tinto.

La tarde empezó a ponerse ámbar sin necesidad del cortinaje. Los meseros recogieron discretamente todas las bebidas y se fueron yendo hacia un lugar detrás de una de las inmensas columnas donde supuestamente quedaría la puerta que daba a la ingente cocina.

Doña Doris estaba en un estado de ensoñación que pocas veces había experimentado. No se sentía mal, a pesar de que la memoria de su hijo seguía viva, y ella la reforzaba mirando a los chiquillos totalmente ebrios y drogados.

Don Plauto se sentía en un estado no muy distinto al de su señora. Pero en él siempre ganaba la curiosidad. Detuvo a una de las meseras que pasó junto a ellos y le preguntó a quemarropa:

—¿Cuánto tiempo estuvieron esos indigentes de la otra mesa en lista de espera?

—Diecisiete años, señor —respondió la muchacha, y luego siguió en sus tareas.

El hombre se echó para atrás con satisfacción mientras se escarbaba los dientes con un palillo.

La brisa suave de la playa seguía entrando pero su susurro fue de repente interrumpido por el sonido de chirimías y campanas.

Los Guárdez creyeron que era una alarma de incendio, mas pronto se calmaron al ver que nadie perdió la compostura. Solo parecía ser el aviso de algo importante.

Su Santidad se puso de pie y ahí mismo la señora Guárdez quedó muda, capaz apenas de indicar a su marido la magnificente presencia con un índice tembloroso. Don Plauto, una vez localizado el punto señalado por su mujer, también quedó dundo.

Las monjitas y Santa Erzsébet siguieron al Papa pero con algo de dificultad: una de las católicas estaba muy ebria y le costaba sostenerse en pie. Los chiquillos adolescentes, los indigentes, la demás "gente bien", los ladrones, los célibes, los homicidas, los moralistas, los amigos de la justicia, los niños, los borrachos de profesión, los poetas, los aduaneros, las damas voluntarias, los tachadores de carros, los novelistas o pintores, todos, absolutamente todos, se pusieron de pie y fueron caminando lentamente hacia el lado del edificio que da a la playa. El paisaje que los esperaba detrás de las ondulantes cortinas de algodón era una escena mitológica.

La playa era una media luna hasta donde la vista alcanzaba a ver, lo mismo que el edificio: una galería gigantesca, una columnata que solo podía encontrar paralelos en los mitos de la Atlántida o en el Cartago de la reina Dido.

Las aguas de la marea alta llegaban hasta el pie de la escalinata de mármol, que también acompañaba al edificio por kilómetros sin fin. Así pues, una vez terminadas las escaleras, empezaba el oleaje del mar, y el sol naranja intenso de las cuatro pasadas hacía que el mármol de la edificación se confundiera a ratos con la espuma del agua, dando la impresión de que, al solo contacto con el mar, las escalinatas se empezaban a derretir.

El sonido de las campanas y las chirimías ya había cesado, siendo sustituido por un *ostinato* de tambor marcial, pero tenue, nada ensordecedor ni amenazante.

Los Guárdez estaban completamente desorientados. Cuando un mesero pasó junto a ellos, don Plauto lo tomó de un brazo y le pidió explicaciones.

"Otro que no leyó bien el contrato", se dijo para sí el muchacho, y luego explicó:

—Señor, ya es la hora de entrar en el agua.

Y desprendiéndose bruscamente del millonario asustado, siguió su camino.

Sin que los comensales se dieran cuenta, detrás de ellos había un ejército de lanceros. Un grupo apostado en formación de ataque por si alguien no entendía las reglas del juego. Este ejército, aunque distribuido en una sola fila de ataque, estaba compuesto por centenares de miles de soldados. Solo así podría cubrir la extensión total del edificio.

Los primeros en comprenderlo todo fueron los cuatro adolescentes, tres muchachillos y una güila que parecía ser la amante o la líder del grupo. Quizás era ambas cosas. Los jóvenes bajaron las escalinatas y se lanzaron al mar mientras se iban desnudando. Pegaban gritos de Tarzán y chapoteaban con la misma alegría que habían mostrado en su mesa. La chica se subió en los hombros de uno de los carajillos y así siguieron mar adentro.

El destacamento de lanceros siguió hacia adelante para motivar a los rejegos. Algunos trabajadores arrimaron botes hasta la escalinata para aquellos que no querían caminar los cincuenta metros de playa casi plana antes de que esta empezara a zambullirse en las grandes oquedades del mar.

Las cuatro monjitas, Santa Erzsébet de Bombay y la monjita competencia tomaron uno de los botes junto con los tres indigentes, pero la mayoría de la gente prefirió caminar. Se introducían al agua con zapatos y todo lo demás que andaban puesto, mientras que otros, siguiendo el ejemplo de los adolescentes, se iban desnudando conforme entraban en el agua. Los lanceros avanzaron por el salón hasta el borde de la escalinata. Entre ellos, apenas visible, se veía al señor Nyktelios, siempre impecablemente vestido, despidiéndose de los comensales con un adiós nostálgico. Santa Erzsébet le dijo adiós con la mano y al pobre gerente casi se le vienen las lágrimas. Devolvió el gesto y mucha de la gente, poco a poco, fue desapareciendo en las tenues olas.

Todo aquello parecía un festival hindú en Benares u otro acto religioso, pero en ninguno de los presentes, salvo en el matrimonio Guárdez, se mostraba el rostro del pánico.

El Papa, pese a su avanzada edad, fue uno de los primeros en llegar al límite de seguridad de la playa. Lo cruzó sin dudar un instante y luego su cuerpo desapareció en un remolino de burbujas y telas blancas. También las monjitas llegaron al límite. Una a una se dejaron ir por la borda mientras rezaban el Credo u otro condimento verbal para la muerte. La última de ellas, la más borrachita, se desnudó sensualmente y luego se dejó ir al agua.

Así fueron ahogándose en la costa uno tras otro hasta que los casi tres millones de comensales estaban todos muertos. Solos los esposos Guárdez tuvieron que ser sacados en bote hasta un par de millas mar adentro y echados al agua en medio del océano. Doña Doris no fue problema alguno porque estaba en un absoluto estado de *shock*. Simplemente la empujaron y la mujer se dejó ir a las profundidades como un peso muerto.

El marido sí hizo gala de la más grotesca cobardía. Don Plauto hasta ofreció dar información secreta sobre el cártel gobernante en Costa Rica y hablar de estrategias de miedo, valijas diplomáticas y fraudes electorales, pero de nada le sirvió. Y como seguía de majadero sacando la cabeza del agua, hubo que hundirlo a punta de heridas de lanza en los hombros y brazos para que ya no pudiera salir más.

Cuando la lancha regresó al pie de las escalinatas, ya la marea estaba devolviendo los primeros cadáveres desde mar adentro.

Luego venía el trabajo más ingrato de todos. Durante la noche, los pies de la escalinata se llenaban de cuerpos o pedazos de los mismos. Iban y venían, con las olas, torsos, brazos, zapatos y hasta uno que otro ojo auscultador. Muchos de los cadáveres ya mostraban el efecto de los tiburones y otros depredadores que se habían dado un festín con monjita en vino, político relleno de jabalí o tierna carne humana bañada por dentro en cerveza y cannabis. Todo lo que les caía en esas ocasiones era un verdadero manjar.

Pero los meseros y demás empleados no se escapaban de la verdadera faena. Había que deshacerse de los restos de cuerpo y limpiar bien el sarro de sangre que cada noche se adhería obsesivamente a las escalinatas de mármol.

El señor Nyktelios suspiró suavemente desde el pie de las escalinatas. Se arregló instintivamente el corbatín, y luego regresó al interior para ir girando nuevas instrucciones. El restaurante debía reabrir por la mañana.

San Juan del Murciélago,
5 de abril de 2008.

MADERA DE TROLES

...cerré bien la puerta de entrada
y tiré las llaves a la alcantarilla.

JULIO CORTÁZAR

Is not that only a true and natural
pleasure whereof there is no satiety?

SIR FRANCIS BACON

1.

Tras largos y tediosos manejos burocráticos, por fin lograron traerle la madera de Finlandia. Un poco más de paciencia con los regodeos aduanales y finalmente, una tarde de abril, Alekis vio como la madera era depositada en su pequeña finquita en El Llano de Heredia. Debido a la importancia del asunto (Costa Rica ya no producía madera y toda la que se usaba había que importarla), el dueño invitó a un grupo de amigos a un fin de semana en la pequeña cabaña que había en el terreno. Marco fue el primero en llegar y también fue el primero en ver la madera. Alekis no estaba muy contento con la cantidad de savia que estaba botando, pero imaginó que se debía a algún proceso normal en las maderas de coníferas.

—Es como si estuviera sangrando —comentó Marco apenas la vio—. ¿Vos sabés cómo le dicen allá en Escandinavia a la madera que suda así?

Alekis estaba seguro de no querer saberlo, pero la majadería de Marco era, como siempre, poco menos que imparable:

—Le dicen "madera de troles", y las tradiciones laponas hablan de ella como algo que trae mala suerte.

Alekis dio las gracias a su amigo por su ilustrativa historia de mal agüero y se fue adentro a preparale un trago... Una pequeña "receta de familia": Johnny Walker con una pizca de estricnina.

Tan pronto llegó el resto del grupo de invitados, todos repararon en la cantidad de savia que la madera estaba echando.

—A mí me parece algo bueno —pontificó Eugenio

con una *Imperial* en la mano—. Eso va a sellar bien las tablas para hacerlas más impermeables.

—Sin embargo, hay historias en Finlandia... ...

—¡Ay, por Dios, Marco! —interrumpió Anita moviendo de un lado para otro su cabello—. Evitanos esas historias de terror porque, si se trata de troles finlandeses, ya tenemos con algunos ex-presidentes. Y además, hablar así de una madera tan hermosa y fresca es como echarle el mal de ojo, ¿no te parece?

Todos callaron un momento hasta que Rosa, la empleada, llegó con una bandeja de carne recién asada en la barbacoa. El ambiente de inmediato se aligeró y la fiesta realmente arrancó a partir de ese momento.

Dos días después se fue Anita, la última invitada, y Alekis volvió a ver a Rosa con cara de ansiedad.

—No se preocupe, don Alekis —le dijo sonriendo—. Voy a Barva a traerme a mi prima Anais para que nos ayude. Ya va a ver que 'horita está todo en su lugar.

Y así fue. Dos horas después volvía Rosa con la gordita de su prima Anais. Entre las dos mujeres dejaron todo lavado y en su lugar antes de que terminara la tarde.

2.

Dos días más tarde empezó la construcción. Alekis se asomaba desde la cabañita adjunta y le costaba creer que todo aquello era suyo. Muchos años de ahorro, y ahora, ya pensionado, empezaba a disfrutar de lo que siempre había querido: un chalet en las montañas de Heredia. Pequeño y humilde, si se quiere, pero tranquilo y, sobre todo, muy suyo.

El maestro de obras era un hombre afable y amigo de hacer bromas.

—Don Alekis, si esa madera sigue sudando así, no va a haber necesidad de barnizarla.

Y luego se echaba una amplia risa de hombre satisfecho con su trabajo.

Las obras continuaron, pero también empezaron los problemas.

—El asunto —decía el maestro— es que la savia es tanta que rechaza el barniz. Es como si estuviéramos pintando sobre mojado.

Así pues, Alekis tomó la decisión de no barnizar el chalet. Quedaba totalmente en rústico pero eso no le pareció del todo una mala idea. Ya que la savia era tanta, pues que se encargara ella misma de sellar los poros de la madera. Así continuaron los trabajos durante tres semanas más, improvisando según surgían los inconvenientes, casi todos relacionados con la excesiva viscosidad de las vigas y tablones.

A pesar de todo, se resolvieron los problemas y se pudo terminar con la construcción en un plazo aceptable.

3.

Anita fue la primera en llegar.

—¡Pero, qué es esta divinura! —dijo abriendo los ojos como dos chapas de quinientos pesos cada una.

De inmediato Alekis le hizo el *tour de force* y le fue enseñando como quedaba todo.

—Eso sí —le advirtió—, no toqués las paredes porque todavía están húmedas.

Su amiga se sorprendió otra vez de aquella savia porque la madera tenía ya más de dos meses de estar en Costa Rica y, si se incluyen los meses de trámites para traerla, más el tiempo que transcurrió entre el momento de ser cortada y puesta en el barco, pues en definitiva se podía estar hablando de seis meses o hasta un año desde que fue cortada.

—Eso ya es anormal —dijo Anita con algo de desconsuelo.

Y por más que Alekis trató de convencerla de que aquello era insignificante, no pudo quitarle la sospecha de que había algo de ominoso en la madera. Ella finalmente trató de aligerarlo y le dijo que todo estaba muy bello; pero igualmente, acto seguido, se fue derechito a la cocina y se sirvió un trago de whisky. Parecía que de veras estaba asustada.

Marco, Eugenio y Karina llegaron al rato. Todos estaban contentos de ver el chalecito ya terminado, pero se cuidaban de no mancharse la ropa en las paredes húmedas.

Todos se sentaron en la sala y Alekis encendió la chimenea de piedra para dar más ambiente a la velada. Karina trajo un compacto de Paco de Lucía e inmediatamente se sumieron en el flamenco seductor y en la conversona. Rosa empezó a repartir unas empanadas de papa hechas por ella que eran una delicia. Los invitados también trajeron cosas, en su mayoría embutidos y quesos, y Anita, además, trajo un escabeche que fue el punto alto de la velada. Rosa no parecía muy contenta con el dictamen de los comelones, así que se vieron en la penosa tarea de mentirle y decir que el escabeche estaba tan bueno como las empanadas y viceversa.

A eso de las nueve de la noche ya habían comido y tomado bastante. Alekis puso a Bola de Nieve con sus tersos boleros y Eugenio sacó a Karina a bailar. Marco no se quedó atrás y le extendió la mano a Anita, ya muy repuesta de su miedo inicial. El anfitrión estaba a punto de recoger unos platos de la mesita de centro cuando empezaron a escuchar un sonido extraño. Parecía el lento doblarse de un tronco o una rama muy gruesa. Un sonido seco y milenario como el crujir de las antiguas naves vikingas. De inmediato quitaron la música para percibir el sonido con más claridad, pero ya no se escuchaba nada. Alekis volvió a ver a los demás y pudo comprobar en sus miradas que todos habían oído aquel susurro o queja o lo que fuera.

Anita se desprendió de Marco y se acercó a la pared.

—Me pareció que venía de aquí —dijo en un tono un poco demasiado serio para su habitual dulzura.

—Definitivamente fue la madera crujiendo —dijo Eugenio tratando de minimizar el asunto—. Eso es muy común tanto en las casas nuevas como en las muy viejas.

Y de inmediato pasó a dar una explicación profesional (era ingeniero) de la que los demás entendieron bastante poco.

Como fuera, Anita se disculpó con todos y agarró la cartera en una mano y el envase donde venía el escabeche en la otra. Repartió besos a diestra y siniestra y Eugenio la acompañó afuera hasta su carro. Alekis sintió que su amiga estaba exagerando la nota, pero ella era así: exagerada e intensa tanto en lo malo como en lo bueno.

Los demás no le dieron mayor importancia al asunto y siguió la fiesta, que no terminó hasta pasadas las dos de la mañana. Los invitados restantes se quedaron a dormir, los hombres en la alfombra y Karina en el sofá.

A las nueve de la mañana ya Rosa había llegado y les estaba chorreando un delicioso cafecito acompañado de pinto y natilla.

Todos se fueron el domingo en la tarde y Alekis volvió a su vida normal.

4.

El estallido del vidrio lo tomó realmente de sorpresa. Alekis estaba leyendo a Shirley Jackson en el sillón junto a la ventana cuando se oyó un chirrido espantoso y una lluvia de vidrios pequeños le cayó en el lado izquierdo. Por dicha se tapó la cara a tiempo y no se le ensartó una astilla o algo peor en los ojos.

Rosa llegó de inmediato limpiándose las manos en el delantal.

—¡Qué fue eso! —dijo toda asustada.

Alekis y la mujer decidieron ir afuera para ver qué había pasado, pero no encontraron ni piedras ni rastro de nada que indicara cómo se había quebrado el vidrio.

Volvieron adentro y el dueño improvisó un "vidrio" de cartón y lo pegó con bastante *masking* porque las ventiscas en la montaña eran muy fuertes de noche.

—Mañana bajo a Barva a traer el vidrio.

Y tratando de no darle mayor importancia al asunto, continuó con su lectura de Jackson.

Esa misma noche iba de la sala al baño cuando notó algo extraño en el piso. Varias baldosas estaban levantadas como si no cupieran en el espacio que se les había asignado. Ahora bien, lo extraño no era tanto lo de las baldosas levantadas sino que hasta ahora se notara. Alekis no se imaginaba cómo había dejado pasar este detalle, así es que de inmediato llamó al constructor del chalet para pedirle explicaciones.

—Mañana le mando al maestro de obras para que revise —le dijo el hombre, algo malhumorado.

Decidió entonces tomar las cosas con calma y conversar al día siguiente con el afable maestro.

Pero esa misma madrugada estalló otro vidrio.

5.

—Mire, don Alekis. La puritica verdad es que no sabemos qué está pasando. Yo le traje los dos vidrios que usted me pidió y no calzan. Cosa rara porque son de la misma medida que los anteriores. Y sobre las losas levantadas, usted mismo es testigo de que antes no estaban así.

Lo peor de todo es que el maestro de obras tenía razón, y lo único que era cierto era lo que simplemente no podía pasar: según el maestro, por alguna razón extraña, la madera se estaba encogiendo.

6.

En una semana, Alekis ya había cambiado por lo menos una vez todos los vidrios de la casa, algunos incluso, dos veces. Por último decidió cambiar el vidrio por portillos de madera, pero tan pronto la madera de la casa se encogió un poquito más trabó los portillos y luego los reventó.

La casa poco a poco se fue haciendo invivible. La ausencia de ventanas la hacía friísima de noche y bastante peligrosa; ya el dueño había tenido que espantar algún zorrillo o cusuco que trataba de hacer su hogar entre sus libros y la chimenea. Por último puso barras de metal, pero a la vuelta de una semana ya se estaban empezando a doblar. De las losas ni qué decir. Todos los pisos estaban reventados y llenos de escombro. Lo mismo la cañería; había tenido que cortar el agua porque casi todos los tubos estaban reventados. Para usar agua había que traerla de la cabañita contigua que Alekis, afortunadamente, no había mandado a botar.

Rosa estaba muy asustada con todo aquello, y desde que encontraron unos mapaches en la cocina no había vuelto al chalet. Ella cocinaba lo que fuera en la cabañita contigua y luego se lo traía a su patrón hasta el corredor del chalet. Alekis todavía vivía en él porque se obstinaba en no perderlo. Había contratado al maestro para que se ganara unas extras trabajando de nuevo en su casita ideal. Su función era básicamente detener el encogimiento de la estructura. Sin embargo aquello parecía una guerra que estaban destinados a perder.

7.

Dos meses después de que empezara a encogerse la madera, el chalet semejaba una iglesia gótica en miniatura. Aquello se debía a la cantidad de mamparas y contrafuertes que se le había construido con tal de que no se encogiera más. Alekis ya debía entrar con cuidado de no golpearse la cabeza en los dinteles, mientras el maestro no cesaba de traer horcones para detener el empequeñecimiento de los techos. Tarea bastante inútil, pero el dueño le seguía pagando para que metiera todos los soportes posibles.

Eugenio había recomendado traer especialistas para que analizaran el caso, pero Alekis de inmediato se opuso. Traer científicos de las universidades no haría más que atraer a la prensa, y la prensa destruye todo lo que toca, incluso su idílico mini chalet en las montañas de Heredia.

Un tarde, el maestro de obras se acercó para hablarle al dueño con seriedad:

—Don Alekis, me da pena decirle esto pero ya llegó la hora de sacar lo que le queda de muebles dentro del chalet. La cama, el sillón y la refri van a ser un problema pero creo que todavía se pueden sacar.

El hombre tenía toda la razón. Había que sacar rápido lo que quedaba o la casa lo engulliría.

El sábado siguiente, el maestro —junto con Alekis y un asistente— sacaron lo que aún se podía. Lo que dio más problema fue la cama, que ya no podía ser sacada del cuarto. Ni quitándole las patas ni despegándole la cabecera se pudo sacar. Entonces se les ocurrió arrecostarla contra una de las paredes para que también hiciera de soporte del techo. Dos días después Alekis escuchó el voluminoso crujido donde el techo estaba despedazando su cama *king size*.

8.

El toquido fuerte lo asustó bastante. Era domingo y no esperaba visitas.

Alekis abrió la puerta de mala gana, pero su carácter se agrió aun más cuando vio a los que tocaban: eran Eugenio y Marco acompañados de dos hombres jóvenes.

Marco no le dio al dueño oportunidad de que los echara. Entró y lo presentó con quienes parecían ser un ingeniero y un biólogo de la Universidad Nacional. Ambos hombres traían maletines con equipo y Marco le fue explicando a Alekis todo el asunto. Los tales individuos no creían mucho las historias que había en Heredia sobre una casa que se estaba encogiendo, así es que venían para comprobar el hecho personalmente. Ya era necesario agacharse para entrar a la casa por lo que alguien dijo, con un pésimo sentido del humor, que aquello parecía una casa de *Barbie Leñadora*.

Alekis dejó que los hombres tomaran sus medidas y arrancaran sus pedacitos de muestra toda vez que no lo molestaran en medio de su desayuno. Eugenio trajo la bandeja y el pichel de café que les enviaba Rosa desde la cabaña. El dueño había puesto en la sala una mesa japonesa que le había dado buenos resultados. A ratos se cansaba y se arratonaba de estar sentado en sus propias piernas, pero la casa ya casi no daba para una mesa de altura normal.

Cuando los dos especialistas terminaron su tarea de revisión, interrogaron a Alekis insufriblemente, pero por dicha sus dos amigos aclararon la mayoría de las dudas. El cascarrabias solo se limitó a preguntar si se podía hacer algo para detener el proceso, a lo que el biólogo le respondió que de momento nada. Ni siquiera tenían idea de qué era lo que causaba el encogimiento.

9.

Ya solo se puede entrar a gatas. La casa no es más que una caja del tamaño de un carro pequeño. Un mausoleo que cada vez se encoge más. Alekis pasa allí todo el rato que puede como si aquello fuera un mágico temascal. No se rasura ni se limpia mucho. Su placer es estar en la casa escuchando el crujir de las maderas.

De vez en cuando llega más gente de la U a seguir las investigaciones; pero ya no molestan al dueño porque hacen su trabajo en silencio y él ya les ha dicho todo lo que sabe del asunto. El próximo paso, lo más seguro, será ir a Finlandia a estudiar la madera en su propio hábitat.

La prensa también ya se enteró del asunto. Hubo un artículo donde salen sonrientes Eugenio y Marco con el mini chalet detrás de ellos. Por dicha no provocó la ola de curiosos que Alekis esperaba y solo vinieron algunos cuantos a merodear con cámaras digitales y a tomar fotos desde la entrada de la propiedad. El dueño puso en el portón un rótulo que dice "¡CUIDADO! ¡PERROS BRAVOS!", y hasta ahora no ha tenido intrusos indeseables. Claro, ya hay poco que ver. El derruido chalet tiene el tamaño de una casa para perros y quizás esa sea la razón por la que ya no resulta atractiva a los posibles merodeadores.

A veces Alekis se mete en ella para escuchar el crujido de las maderas. Otras veces la admira desde afuera sentado en el zacate, mientras la pobre de Rosa hace el aseo en la cabañita vieja y lo llama para que coma algo.

A él le gustaría seguir viviendo en su chalet, pero ya casi no cabe. Entra con dificultad y la cabeza ya se le queda afuera.

A pesar de eso, cuando está adentro siente una extraña paz, tal vez la paz de los muertos. Después de todo, el chalet ya no es más que un ataúd. Una pequeña casa para muertos.

Y así cada noche, después de comer y cambiarse de ropa en la cabaña, Alekis pasa rápidamente a su mausoleíto adorado. Será pequeño y será muy incómodo, pero es suyo. Es parte de lo que él es y continuará luchando con Rosa y con el maestro para mantenerlo consigo todo el tiempo que sea posible. Es cierto que duerme un poco constreñido, pero eso es solo físico. El sueño mental y emocional que le entrega el chalet es único; no tiene comparación con nada. Por eso, cuando este haya desaparecido, de inmediato traerá más madera de Finlandia para construir otro.

10.

Eugenio ni siquiera entró a la propiedad con el carro. Se parqueó junto a la radiopatrulla que todavía tenía las luces azules giratorias dando vueltas. Ingresó a pie en la pequeña propiedad y lo primero que vio fue la cara descompuesta de Rosa contestando preguntas de la policía. Se acercó más hacia el chalet y pudo ver la cabeza de Alekis sobresaliendo de la casa-de-perros-chalet que tanto amaba. El amigo tenía una casi sonrisa de paz dibujada en el rostro, pero también lo cubría una palidez mortecina que contrastaba de manera brutal con la boca. Por ella seguía saliendo, aunque en proporciones moderadas, varios hilos de sangre amoratada. Los ojos, ya viéndolo bien, estaban saltones y agrandados. Un policía se acercó a cuestionar a Eugenio, pero en ese mismo instante un sonido los distrajo. El crac de algo sólido —quizás un hueso— los obligó a mirar en dirección al muerto. Efectivamente, algo se había quebrado, porque de inmediato empezó a salir más sangre por la boca y por ciertas rendijas de la estructura.

—Toda la mañana ha estado así —aclaró Rosa acercándose a los hombres—. Primero se oye que algo se quiebra y luego empieza a salir sangre por todos lados.

Eugenio se quedó meditando en aquello. A los de la morgue les iba a costar mucho separar la madera de la carne.

San Juan del Murciélago,
7 de noviembre de 2005.

CONTINUIDAD DE
LOS PARQUES

...y se sentía que todo está decidido desde siempre...

JULIO CORTÁZAR
CONTINUIDAD DE LOS PARQUES

Para Mario León Rodríguez

Martes, 10:26 a.m.
Jorge Luis bajó agaceladamente las gradas de madera del altillo y se topó a Carlos en la cocina.
Estaba desayunando huevos pateados fríos con
medio *baguette* de pan que no soltaba de su mano
izquierda.

—Dejá algo para el café de la tarde —fue lo único que se le ocurrió decir mientras su hermano menor se atarugaba con el pan y los huevos.

La respuesta fue clásica de Carlos:

—¿A usté qué l'importa? ¡Acaso usté's mi tata!

Y terminando su justificación, recogió los pedacitos de pan y huevo que habían salido disparados y de un solo tiro se los volvió a meter a la boca.

—Por lo menos podrías vestirte. Ahorita viene Sandra.

Ese nombre hizo que a Carlos le cambiara la cara al punto de hacerse obvio. Los cachetes no se le pusieron rojos por estar desayunando a las diez y pico de la mañana en calzoncillos, sino por el nombre de Sandra, dulce Sandrita, centro y corazón de todas sus masturbaciones adolescentes. Desde que la madre la había contratado para que ayudara con el oficio, Carlos no veía otra cosa sino aquellos pechos blancos que poco a poco deletreaban el deseo y —según Carlos— también su propio nombre, en la mejor tradición de *El exorcista*. El muchacho se la imaginaba totalmente desnuda brincando en la cama como Regan y gritando "¡¡Carlos, Carlitos, por favor cójame, cójame, hijueputa!!", y él llegaba a auxiliarla, como el padre Caras, pero sin Biblia y sin rancho verde y, por supuesto, con nada debajo de la sotana. Todo tenía que ser erótico a más no poder. ¿Y qué tenía Sandra de erótico, gritando y amarrada a los cuatro postes de la cama? Eso solo lo sabía Carlos porque, según Jorge Luis, que ya estaba saliendo de la adolescencia y por tanto era menos propenso que su hermano a las mareas hormonales, a Sandrita ya se le habían ido los mejores momentos. "Las tetas no aguantan más de tres güilas" les había dicho una vez el padre desde su solio "s-ex cátedra". Y Sandra, si ellos sacaban bien las cuentas, ya iba por cinco o seis güilas y dos o tres "maridos". Nada que no se supiera ya en Alajuela, pero aun así, motivo de largas horas de chismes.

A pesar de las circunstancias, Alajuela no dejaba de ser Alajuela.

Martes, 3: 43 p.m.

Jorge Luis volvió de clases tres horas antes de lo previsto. Carlos, sentado en la sala y con la radio en el regazo, trataba de sintonizar las noticias.

—¿Y diay?

—Diay.

—¿Por qué tan temprano?

—Cancelaron las clases de la tarde y de la noche.

Carlos de repente sintió más interés por el horario de clases de su hermano. Seguía tratando de agarrar las noticias, pero nada importante salía en las emisoras que iba captando.

—¿Cancelaron oficialmente?

—No se puede.

—Sí —contestó Carlos con un repentino sentimiento de importancia al estar bien enterado de las últimas—. El playito del Presidente ordenó que todo siguiera igual. Nada de vacaciones, ni permisos ni ninguna mierda. Así es que según su tata mañana tengo que ir al cole.

—Cuando se porta así solo es tata suyo, no mío.

—¡Jodás! ¡Es tu tata!

—¡No, el tuyo!

—¡El tuyo, comemierda!

Y los siguientes cuatro o cinco minutos se fueron en una batalla campal con los almohadones de los sillones de la sala. Jorge Luis ya iba atrapando a su hermano en una llave yudoca cuando la radio se cayó al suelo.

—¡Ahora sí, guineo! —espetó asustado Carlos—. Mi tata nos va obligar a pagar esta mierda.

—¡Ve! —dice Jorge Luis en tono triunfal—. ¡Yo tenía razón: era su tata, no el mío!

Y apenas tuvo tiempo de salir corriendo de la sala. Detrás de él iba, a toda velocidad, un zapato de Carlos.

Martes, 7:28 p.m.

El padre se atarugaba, calcando los hábitos de Carlos Enrique (de tal palo, tal astilla, pensaba Jorge Luis) y luego de una breve pausa continuaba la conversona.

—¿Por qué es que te cancelaron hoy la U?

—No la cancelaron —aclaró Jorge—; los profesores de la tarde no llegaron. Oí decir por ahí que los van a sancionar.

—¿Ya para qué —continuó el padre—, si lo único que pueden hacer es suspenderlos sin goce de sueldo...?

—Que es exactamente lo que los playitos quieren —interrumpió Carlos desde su bodoque de arroz con atún—. Mejor que los linchen o algo así.

Por unos cortos instantes solo se oyó el sonido de los tenedores en los platos de loza importada.

Desde que todo el asunto había empezado, la madre ya no salía con su rosario de refranes sobre el ahorro. "El que guarda hoy, tiene mañana", etc., etc., y "toda la costra nostra" como solía decir Carlos para cerrar con broche de oro las admoniciones maternas. Ahora más bien era el derroche en persona. Había sacado el cincuenta por ciento de sus ahorros del banco (el tope máximo permitido por el Consejo de Emergencias) y desde hacía unos días se venía dando unos gustillos que tenían a toda la familia más tranquila. Por que el asunto era grave, pero todo el mundo, desde el Presidente, el Consejo de Emergencias y el padre de esta familia, se esforzaban en aras de que los costarricenses siguieran viviendo la vida más normal posible. Eso significaba ir al trabajo, a la U, al colegio, y pagar todas las cuentas y recibos que, cosa curiosa, llegaban ahora más puntuales que antes.

El padre eructó levemente y siguió comiendo e interrogando a sus hijos.

—¿Para dónde es que cogió su mama?

Jorge le explicó que andaba en las misas especiales que ahora se programaban en La Agonía cada dos horas.

—¿Y por eso no nos hizo comida?

—Es que tampoco vino Sandra —aclaró Carlos con cierto tono melancólico.

El padre sonrió levemente y después soltó la carcajada.

—Papito, esa vieja me le dio a usted agua de calzón. ¿O es que usted ya bebió directamente "al pie de la vaca"?

Y los tres, padre y dos hijos, soltaron la carcajada que ya se venía dibujando en el aire del comedor.

Carlos, más rojo que nunca, se limitó a reafirmar que Sandra, aunque fuera gallina vieja, todavía podía soltar buen caldo.

Y los hombres de la casa se dedicaron a una sobremesa de chiles bien rojos, aprovechando que esa noche la madre andaba en misa.

Martes, 10:45 p.m.

La madre está atónita y sorprendida. Sabe que lo que hacen es por el bien de sus hijos, o al menos eso supone, pero la cosa ya está yendo demasiado lejos. La gente los señala en la calle como los locos. ¿Cómo es posible que esa familia, es decir, la familia de ella, su esposo y dos hijos, mantengan una especie de ambiente de carnaval en la casa con todo lo que está pasando alrededor de ellos?

Don Jorge, el padre, simplemente los manda a la mierda y les dice que eso es lo que todos deberían hacer: darle a sus hijos una vida normal aunque tal vez sea breve. Él no quiere que sus hijos se la pasen llorando por cosas que ni siquiera entienden. Y si se mueren, porque la muerte es ahora una posibilidad a corto plazo, pues que se mueran felices. Por eso regaña a la madre. Le dice que su actitud es un error. Está bien sacar la plata del banco porque después, a lo mejor, ni siquiera habrá en qué gastarla, pero estar llorando con el coro de plañideras en la iglesia sí es un error. Los muchachos pasan solos en las tardes (porque también parece que Sandra ya no va a volver), y lo mejor sería que ella esté con sus hijos; que salgan, que vayan de compras, que se tomen algo en una soda, pero, por Dios, que no se ponga a gritar como histérica en una iglesia llena de pavor y de lágrimas, donde los más sádicos ahora se la pasan sermoneando y gritando a viva voz pasajes del Apocalipsis. "¡Oh Babilonia la Grande, habrás de sufrir todo cuanto hicisteis a los hijos del Cordero...!" Y el puño de mujeres semi-enloquecidas de llorar se une al de los hombres, un poco más distante y más callado, pero siempre llorando en el tono de una melopea oscura y cavernosa. Solo el grito ocasional de alguien muy histérico conmueve las cabezas que continúan en la demencia de un llanto sin fin.

Don Jorge, desde el puro principio, se opuso a que la madre llevara a los muchachos a misa. Solo iban a presenciar la miseria de los demás en momentos en que más bien se debe ser fuerte.

—¡Para eso tengo dos huevones —espetó el padre con ira—, para que aguanten como hombres todo lo que habrá de venir!

Lo que Don Jorge, no sabe —ni nadie se lo va a decir— es que en noches como esta en que se la pasa peleando con la señora, los dos muchachos lloran acurrucados en sendas camas. Cada uno está vuelto hacia la pared de su lado para que el otro no le vaya a pillar una lágrima. Porque ambos saben que de noche lloran, pero eso es algo que no se dice, no se confiesa, a no ser que tenga algún propósito útil. Y hasta ahora, ponerse a llorar ha probado ser bastante inútil.

Don Jorge se acuesta con su mejor piyama —¿para qué guardarla más?— y poco a poco se va acercando a Cecilia, su mujer, pero esta noche, como todas las anteriores, ella finge estar dormida para poder llorar en paz.

Miércoles, 9:08 a.m.

Con mucha sorpresa, los muchachos ven entrar en la cocina a su padre rascándose un costado mientras bosteza.

El primero en hablar es Carlos.

—Diay, mi tata, ¿y el brete?

El padre lo ve con ojos de desenfado y un leve tono de enojo. Mientras busca café en la cocina suelta las palabras, no en su habitual tono "s-ex cátedra", sino más lento, casi con una cierta pereza:

—Ustedes, huevones, creen que uno es de palo. No fui a bretear porque estoy un toque enfermo.

Los hijos vuelven a ver con algo de asombro la gran masa paterna. Don Jorge es un guayacán, uno de esos viejos que nada los vuelca, y por tanto su orgullo es que nunca falta a su trabajo. Pero hoy viene lento, tanteándose los menudos, con una cara de trasnoche que ni Puta-la-Zorra jamás ha tenido.

—¿Qué es lo que siente, pa?

El tono más dulce y preocupado de Jorge suaviza un poco la actitud del hombre cascarrabias.

—Ni mierda. Es pura viejera mía.

Se sirve un poco de café, se sienta a la mesa, vuelve a ver a sus vástagos emblemáticamente, se aclara la garganta y en un tono casi digno de los plañideros de La Agonía, da por terminada, con un sonoro discurso, la cuarentena psicológica que él mismo le había impuesto a todo el asunto. Luego, en un tono más doméstico, pregunta:

—¿Cuándo se termina esta carajada?

—El viernes, pa —se apresura a decir Carlos—; a las 11:56 de la mañana.

El padre sabe exactamente cuándo sucederá todo, pero le pregunta a los muchachos para mantener, aunque sea por última vez, un tono de indiferencia ante la gravedad de las cosas.

Los tres hombres siguen sorbiendo su café en silencio. Ya no hay interrogatorios. Don Jorge no pregunta por el paradero de su esposa ni tampoco les pregunta a los muchachos si ese día van a ir al cole o a la U.

Miércoles, 1:52 p.m.
—Buenas, don Manuel.

El hombre levanta la cabeza del mostrador y poco a poco va definiendo la figura de Jorge Luis en el umbral del mini-súper.

—Pasá, muchacho.

Jorge entra y le extiende la mano a su suegro, o a su ex-suegro, ya no está muy seguro.

—Si venís a preguntar por Kattia, no te tengo nuevas ni buenas noticias. Lo mismo de siempre.

Luego volviéndose a un cliente:

—Tres mil doscientos cincuenta, por favor.

Ahora de nuevo a Jorge:

—Nada nuevo: está en Naranjo con la mamá y la abuelita. Lo último que me dijo fue que te diera saludos pero que no te diera esperanzas. Me imagino que hablaba de la relación de ustedes...

De nuevo a un cliente:

—Seiscientos cuarenta, por favor.

Jorge sigue poniendo atención.

—Como te decía, nada nuevo... Yo me voy mañana, tempranito. Espero que la carretera no esté muy saturada... Para serte sincero, yo sigo pensando que todo esto es un error. Tal vez entendieron mal, o se les enredó la información y todo les salió al revés. ¿Qué putas sé yo...? Lo cierto, Jorgillo, es que este hijueputa mundo se ha vuelto loco.

El mini-súper seguía activo con gente que compraba agua embotellada, latas de atún, pan tostado, etc.; víveres de descomposición lenta destinados a recubrir las paredes de los estantes y las alacenas, porque la naturaleza humana es necia: no se da por acabada hasta que, efectivamente, haya acabado. Todos estaban seguros de ganarse la lotería de la supervivencia. "Sí, claro, muchos, miles, millones se van a morir, pero mi familia y yo seremos parte de ese pequeño grupo de sobrevivientes que después relataremos la historia para las generaciones futuras".

Cuando el flujo de clientela amainó un poco, don Manuel se salió del mostrador y fue a cerrar las puertas de hierro de su establecimiento.

—La verdad, muchacho, me cago en el Presidente y en la policía. Voy a cerrar porque me da la gana. Mi familia está esperándome en Naranjo y hace un bonito día para ir al campo.

Jorge lo miraba con un cierto dejo de observador contumaz. Cosas que antes le hubieran parecido imposibles, ahora tomaban una gran fuerza en la descripción de las actitudes. La madre, por ejemplo, nunca antes se había ido a misa sin dejarles la comida hecha; el padre jamás, que él recordara, había faltado al trabajo por una cosa que él mismo calificaba como "viejera". Y ahora don Manuel, el buena nota de don Manuel, suegro comprensivo y amigable, jamás antes había dicho una mala palabra en frente de su yerno. Pero ya las cosas iban cambiando y, conforme se acercaba el viernes, las actitudes también. A ratos se preguntaba si él mismo no vendría cambiando desde hace varios meses.

Miércoles, 2:37 p.m.

Doña Cecilia entró a la iglesia atestada de humo de incienso, para darse cuenta de que un laico oficiaba misa. Ella lo conocía. Era un buen hombre, padre de familia dedicado a la Palabra y a la crianza de sus hijos de la manera más católica posible.

Doña Iris, la esposa del carnicero, estaba apenitas más adelante de doña Cecilia, por lo que no fue difícil hacerle unas cuantas preguntas.

—¿No es cierto que un cristiano comete pecado mortal si da la comunión sin ser padre?

Doña Iris la volvió a ver con ojos de piedad y trasnoche.

—¿Y qué se puede hacer, doña Cecilia? Los padres y el sacristán cogieron esta mañana para el Seminario Mayor. Aunque Pedro Rubén, el de

Adelita, dice que los vio esta madrugada en el aeropuerto cogiendo un avión para Panamá.

Doña Cecilia no sale de su asombro.

—¿Cómo para Panamá? ¿Y nosotros? Yo creí que ellos debían quedarse con nosotros hasta que esto pase.

—Pues ya ve —contesta doña Iris volviéndose luego para el altar—. Por lo menos estamos en buenas manos.

Doña Cecilia asiente y ambas mujeres se hincan y se persignan. Desde el lejano altar llega una débil voz:

—El cuerpo de Cristo.

Y ambas mujeres responden:

—¡Amén!

Miércoles, 4:30 p.m.

—¡García! ¡Suave un toque!

El que habla es Robles, compañero de décimo año de Carlos Enrique.

—Mae, ¿por qué no está viniendo a clases?

—Mi tata dijo que podíamos quedarnos en la choza.

—¿Pero eso no es contra la ley?

Carlos Enrique se empieza a exasperar.

—Mae, Robles, ¡pellízquese! ¿Donde ve usted un hijueputa tombo! ¿No ve que la vara ya es pasado mañana!

—Aun así, mae —se defendió Robles—, si no hay ley, hay caos y...

Pero Carlos no le dio chance de seguir. Cogió el camino calle abajo, sin esperar a ver si el otro lo seguía o no.

—¡Mae! ¿A dónde va!

—¡A ver a la güila! —contestó Carlos—. Tal vez sea la última vez en mucho tiempo.

Y Robles se quedó pensativo con las manos en las bolsas del pantalón. Al día siguiente, él tampoco fue a clases.

Miércoles, 8:03 p.m.

La sopa de lentejas no está mal, piensa Jorge. Sin embargo, *what's wrong with this picture?* ¡Ah, claro! Nadie está hablando. Don Jorge está despedazando pedacitos de pan en la sopa mientras Carlos lucha por sacarle las tiritas de chile dulce al arroz. Doña Cecilia, por su lado, no hace más que mover y mover el caldo con una cuchara. Tiene la mirada perdida, como si estuviera drogada.

—Esta mañana se fue el padre Gluteens para Panamá.

Nadie le responde. Todos saben ya la noticia, como también saben que irse a Panamá no los salvará de nada. Todo será igual allá también.

—Pedro Rubén, el de Adelita, los vio tomando el avión a las siete de la mañana.

—Cucarachas estúpidas —dice finalmente don Jorge—. Saltan de una bisagra para caer en otra.

Los muchachos no dicen nada.

Miércoles, 11:42 p.m.

Jorge oye gemidos en el otro lado del cuarto. Sale de la cama y va a encender la luz.

—Mae, no la encienda.

La voz de Carlos se oye entrecortada.

Jorge por fin comprende lo que está pasando. Se mete de nuevo en la cama y se vuelve para el rincón. Por un momento piensa en llorar igual que su hermano; pero antes de que pueda pensarlo dos veces, ya se ha quedado dormido.

Jueves, 8:53 a.m.

Doña Cecilia está más contenta que en días pasados. Le sirve a su marido el café con una sonrisilla de recién enamorada que la hace verse más joven, y don Jorge no se le queda atrás. La toma de un brazo y le da un besito cariñoso.

—¡Paguen cuarto, care' barros!

Don Jorge frunce el entrecejo.

—Más respeto, pendejito. Somos los que te trajimos a este mundo.

—¡Uy, me gané la lotería!

Don Jorge lo vuelve a ver con una cara de enojo a punto de estallar. Jorge Luis y doña Cecilia se congelan a la expectativa de lo que va a pasar.

—*Sorry*, pa.

La débil y sumisa respuesta de Carlos parece apaciguar las cosas. Sin embargo, el momento de tranquilidad familiar ya se ha perdido.

—¿Querés más pan?

El balbuceo de don Jorge apenas da a entender que sí.

Carlos se levanta de la mesa tan pronto termina de desayunar y se va para el cuarto.

Hoy no tiene ganas de bañarse.

Jueves, 10:18 a.m.

Jorge Luis apresura el paso tan pronto se da cuenta de que algo pasó en el mini-súper. Llega a unos diez metros de la entrada pero no puede ver nada por el gentío delante de él. De pronto llega la policía y aparta a la gente bruscamente.

—¡Aquí no ha pasado nada! ¡Vayan para su casa, que esto está peligroso!

Jorge se da cuenta de lo contradictorio de las órdenes policiacas, pero insiste en quedarse para ver qué fue lo que pasó con don Manuel. Adelanta un poco el paso y de repente siente algo sólido crujir debajo de los zapatos. Son vidrios mezclados con arroz y pedazos de galleta.

—¡Déjeme pasar, es mi suegro!

La policía le da una oportunidad de acercarse un poco y Jorge de repente queda petrificado por el espectáculo de ver el cadáver de su suegro colgando de una viga en el techo. La cara totalmente abotagada por la sangre da la impresión de que era muy obeso, pero el cuerpo contradice esa suposición.

Unos dicen que fue un suicidio, otros que fue asesinato y robo. Lo cierto es que el local está destrozado y prácticamente vacío. No se sabe si los ladrones aprovecharon el suicidio para robarse toda la mercadería o si ahorcaron al dueño para robarle. Jorge se ofrece para ir a declarar a la comisaría pero un policía seco y algo nervioso le dice que no va a ser necesario. El muchacho pregunta por qué, a lo que el otro lo responde:

—Ya solo faltan veinticuatro horas. Ni siquiera le dará chance de descomponerse.

Jorge queda mortificado por no poder hacer nada. Los guardas cierran el local y le advierten, tanto a él como a los demás, que la profanación de cadáveres es un grave delito.

—De por sí —aclara uno de los guardas— el don no tiene nada encima.

Jorge quiso preguntarle cómo sabía eso, pero decidió no ponerse en peligro. Estos días la ley anda muy nerviosa y reacciona violentamente a la primera provocación. Solo se limitó a preguntar que si podían bajar el cuerpo del techo, pero los otros le dijeron que no porque todo el local ahora constituía "escena del crimen", y que si todo seguía bien, después de mañana se iniciarían las pesquisas del caso. Pero la policía no se quedó ahí para vigilar, porque tan pronto terminaron de explicarle las cosas al que consideraban un carajillo entrometido, salieron corriendo calle arriba ante el aviso de un asalto a otro almacén de abarrotes.

Jorge se quedó mirando el cuerpo de don Manuel y cómo ciertos líquidos, tal vez sangre y orina, le seguían bajando por las piernas. Todo eso indicaba que el señor había muerto esa misma mañana.

Veinte minutos después estaba sentado en el Parque de los Mangos. Se puso una mano sobre la frente y, sin darse cuenta siquiera de lo que estaba haciendo, se echó a llorar.

Jueves, 11:34 a.m.
—¿Diay?
—Diay.

Carlos sabía, con solo verle la cara a su hermano, que Jorge ya estaba enterado de lo del minisúper de don Manuel.

—¿Pudiste saber algo más?
—No me dejaron entrar.

Se tira al sillón y agarra un cojín de almohada.

—Los muy desgraciados lo dejaron ahí hasta... hasta después de mañana.

Carlos no responde. Se queda pensando en el pobre roquillo colgando del techo como una vaca destazada.

De repente el golpe. Un estallido furibundo que hace vibrar toda la casa. Don Jorge y doña Cecilia entran a la sala asustados.

—¿Qué putas fue eso?
Nadie lo sabe.

Carlos sintoniza Radio Alajuela y de repente empiezan a llegar las noticias. Sí, fue en Alajuela a los poco minutos aclaran que en el centro de la ciudad. Don Jorge le quita a Carlos la radio y se sienta a escuchar con más atención. Parece que un grupo paramilitar acaba de tomar el Cuartel de Alajuela y amenaza con matar a todos los que se les opongan.

—A buena hora se ponen a hacer una revolución estos maricones —dice don Jorge, sarcástico—. Más les valiera asaltar los bancos y repartir lo que queda de plata, porque lo único que se lleva uno es lo comido y lo bailado.

—Y lo cogido... —se apresura a decir Carlos, pero pronto se da cuenta del resbalón y baja la cabeza en un "uuugh" breve a lo Homero Simpson.

Don Jorge le recuerda el respeto que le debe a la presencia de la madre, respeto que por demás es, según su perspectiva, un deber de los hijos, pero no del marido.

La radio sigue hablando del asalto al Cuartel, de los incendios en Cartago y del total toque de queda en la ciudad de San José. Los incendios en Cartago son lo peor porque ya se han llevado ocho manzanas del centro. El pillaje y el vandalismo son indiscriminados, por lo que la policía ya recibió orden de disparar a matar tan pronto se localice "un objetivo hostil".

—Solo falta *RoboCop* —comenta Carlos disfrazando un bostezo de sueño.

Don Jorge le da un coscacho entre enojado y divertido, y el adolescente se lamenta a la vez que se ríe.

Hoy tal vez sí se bañe.

Jueves, 3:02 p.m.

Jorge por fin logra comunicarse con Kattia en Naranjo. El muchacho le confirma lo que otros ya le habían contado y Kattia no deja de llorar y de pedirle a Jorge que haga algo, pero él le explica una y otra vez que no puede, que si hace algo por sacar el cuerpo del mini-súper le pueden disparar a matar. Ella, desesperada cuelga. Jorge no sabe qué hacer y se pone a llorar, pero antes de que saque el pañuelo de la bolsa de atrás, Kattia vuelve a llamar y le dice que está bien, que unos parientes van a ir a sacar el cuerpo del señor. Jorge le contesta que tengan cuidado porque, aunque Alajuela está en relativa calma, todavía se sueltan disparos ocasionales y ya están empezando a aparecer todas las madrugadas cadáveres en los caños de la ciudad. Un camión de la basura sale expedito a recogerlos todas las mañanas, y antes de las diez ya no queda un solo cuerpo ni un solo charco de sangre en el casco central. Kattia le suplica que rece para que lo de mañana no pase pero él ya sabe que nada va a detener las cosas; y sin embargo, le miente a su novia y entre besitos y lloriqueos ambos cuelgan despacito el auricular.

Jueves, 5:09 p.m.

"Interrumpimos hoy su programación habitual de *Las Aventuras de Puta-la-Zorra* para traerles un especial de la Comisión de Emergencias..."

Don Jorge entra a la sala todo sorprendido.

—¡Huevón! —le dice a Carlos—, ¿por qué no me dijiste que ya teníamos televisión? ¿Qué están diciendo?

—Lo mismo que en la radio, mi tata; que Alajuela sigue en calma, excepto por lo del Cuartel, y que la gente no debe acercarse en cien varas a la redonda porque esos locos le siguen disparando a todo lo que se mueva, y que.... ¡suave, mi tata, ahí vienen las estadísticas!:

"Tortillas La Pancha presenta 'Las estadísticas del día':

"• 1.731 muertos por infarto (u otras complicaciones de salud).

"• 5.063 suicidios comprobados.

"• 19.221 muertes violentas esta semana (excluyendo suicidios).

"• Más de 134.000 arrestos por actos de violencia, vandalismo o insubordinación.

"Así es que ya sabe: si desea dormir en la isla de Chira, el Gobierno de la República solo espera a que usted se insubordine. Habló para ustedes, Adriana Ñaña, trayéndoles a todos y todas 'Las estadísticas del día'..."

—Mejor quitate esa vara, o vean lo que ustedes quieran. A fin de cuentas, ¿qué más da?

Don Jorge se cerró bien la bata de dormir que andaba puesta y se fue despacio para la cocina.

Jueves, 11:05 p.m.

Jorge Luis se pellizcaba suavemente la nariz, un tic que desde hace años no tenía, mientras su hermano le volvía a contar lo que había visto en el cole un par de semanas atrás.

De una manera personal, Carlos se sentía el más importante de la familia: él era el único de su casa que había presenciado un suicidio. Además, era el suicidio de un profesor, alguien con quien trataba todos los días. Según sus cuentas, lo de don Manuel no valía porque no se sabía si era suicidio o asesinato; y además, Jorge no lo vio morir: él llegó un rato después, no se sabe si incluso horas después de la muerte del señor.

Por otro lado, Don Rutenio, el profe de mate, se había volado la tapa de los sesos en presencia de treinta y seis alumnos, una conserje y el director del Instituto de Alajuela.

Era un maestro muy querido de sus alumnos, buen profe de matemática y bueno con la literatura. A él se debía que desde un tiempo para acá Carlos viniera leyendo a autores como Lovecraft y Poe. Don Rutenio tenía la costumbre de iniciar las clases con una cita de un autor famoso. Se discutía la cita y —lo más importante porque hacía que la clase de mate fuera más apetecida por los alumnos lectores que la misma clase de literatura– el profesor era muy respetuoso con los comentarios de sus alumnos; y cuando no estaba de acuerdo con ellos, les rebatía con argumentos, no imponiendo su autoridad, como sí hacía don Ernesto, el insufrible profe de literatura.

Pues la tarde en que don Rutenio decidió pasar al mundo de las estadísticas, dio una perorata inusualmente larga sobre el sinsentido de la vida, y citó partes del cuento "El color que vino del cielo". Varios alumnos lo quisieron rebatir, pero se asustaron mucho cuando el profe sacó de su maleta una pistola calibre .34. Al principio creyeron que era una broma, pero luego cayeron en la cuenta de que la cosa iba en serio; y dos alumnos, los más cercanos a la puerta, se espantaron para la Dirección con la nueva de que el profe se iba a suicidar.

Cuando el director y la conserje llegaron al aula con los dos alumnos, don Rutenio les hizo gesto de no moverse, mientras terminaba el monólogo de Hamlet, que por lo visto se sabía de memoria.

Y no los hizo esperar más. Al terminar el último verso se disparó en la sien derecha, desparramando trocitos de seso por toda la pizarra.

A estas alturas, Carlos empieza a llorar suavemente, sentado descalzo en el borde de su cama.

Jorge no le puede perdonar esto.

—¡Sos un gran maricón!

Y diciendo eso se levantó, se quitó la ropa, apagó la luz y se metió en la cama.

Carlos había roto el acuerdo sagrado de nunca verse llorar el uno al otro. Todo era más fácil cuando cada uno de los dos fingía que el otro no tenía miedo. El trato entre los dos hermanos era antiquísimo, desde que eran muy güilas, porque si los dos se ponían a llorar uno frente al otro, entonces sentían que no había ayuda, que no había amparo posible.

Viernes, 1:58 a.m.
Ruidos de sirenas a todo volumen.
Disparos de mortero. Metralletas. Luego silencio.

Viernes, 2:21 a. m.
Disparos de ametralladora. Otra vez mortero. Silencio.

Viernes, 5:17 a.m.
Carlos Enrique comía pan añejo con margarina y café del día anterior. Era tan comelón como vago para cocinar.

Lo único diferente esta mañana eran sus ojeras y la radio sobre la mesa. Las noticias hablaban de que la ciudad de Cartago había sido abandonada a su suerte. Las llamas ya cubrían veinticinco manzanas y amenazaban otras diez más. Pero la noticia clave; el gran notición del día era que el Presidente y su familia habían desaparecido.

Nadie, ni siquiera su servicio de guardaespaldas, sabían donde se habían metido.

Viernes, 5:48 a.m.

Jorge Luis baja del altillo en pantaloneta y camiseta. No tiene ganas de vestirse. No tiene ganas de nada.

La radio sigue anunciando más actos vandálicos. Recomienda a la ciudadanía que se quede en la casa. La calle ha sido tomada por grupos de maleantes y paramilitares (entre ellos, grupos de policías) que andan robando, violando y matando a diestra y siniestra. La sociedad civil ha dado paso a una carnicería indiscriminada.

Jorge apaga la radio y con la misma Carlos lo vuelve a encender.

—¡Mae, yo sí quiero oír lo que está pasando!

La radio sigue recomendando prudencia. Relata que en la iglesia El Carmen, en San José, un grupo de paramilitares secuestró a todos los que estaban dentro. A los hombres les arrebataron lo que andaban puesto y luego los pasaron por las armas. Lo mismo hicieron con las mujeres viejas, pero a las jóvenes las violaron antes de matarlas. Lo único que quedó en la iglesia fue un inmenso charco de sangre que pronto se convirtió en abrevadero de perros callejeros.

Jorge se sirvió un poco de café añejo y se desperezó, parpadeando con fuerza. También estaba trasnochado y de mal humor. Pero en fin, se decía, qué humor puede tener uno en una situación así. El café estaba peor que rechinado, por lo que el muchacho lo botó y empezó a hacer café fresco.

Al rato bajó el padre, tan ojeroso y trasnochado como sus hijos. Se sentó a la mesa sin volver a verlos ni hacer el esfuerzo por comer algo. Puso los dos puños en la mesa y dijo con un hilo de voz:

—Muchachos, doña Cecilia ya no vive aquí.

Carlos Enrique fue el primero en reaccionar. Dejó caer el café en la mesa y salió corriendo para el cuarto de los padres.

Jorge sintió un peso duro, durísimo, en el corazón. Tomó la mano de su padre y luego, como cuando era niño, se echó a llorar en los brazos de don Jorge.

Viernes, 8:27 a.m.

Los tres hombres ya se han bajado una botella de Flor de Caña y el padre va al mini-bar de la sala por una segunda que tenía guardada, como la primera, para una ocasión especial.

—Ocasión más especial que esta, no va a haber —se dice mientras busca la otra botella.

Los muchachos todavía no saben si la madre falleció por su padecimiento del corazón o si se suicidó. Ninguno de los dos quiere saber. Ninguno de los dos se atreve a preguntar.

Viernes, 10:40 a.m.

En vista de que don Jorge ya está inconsciente de tanto guaro, los muchachos lo levantan y se lo llevan al cuarto para acostarlo a la par de su madre. Don Jorge apenas si puede decir algo...

—Mucha... chos... oña Cezlia ya naaa.... vi... ve... quí.

Y luego otra vez se quedó dormido.

Viernes, 11:02 a.m.

Siguen tomando Flor de Caña pero más despacio. Carlos tiene media hora de estar llorando; sin embargo, su hermano mayor ya no le reclama nada. Lo deja para que se desahogue todo lo que quiera.

Viernes, 11:46 a.m.

Abrieron un par de latas de la reserva que el tata venía haciendo desde hacía meses para comer bocas de atún y aceitunas.

—¿Te acordás de la vez que fuimos a San José cuando éramos carajillos?

Carlos levanta la cabeza de loco entre insomne, borracho y doliente:

—¿La vez que fuimos al Parque Nacional? —pregunta todavía medio embobado.

—La vez que nos perdimos porque mi tata se fue a comprar cigarros.

Carlos Enrique le lanza una mirada de tonto sonriente y dice:

—Mae, ¡qué taco! Yo no sabía para dónde coger...

Jorge lo mira con cara de lástima y agrega:

—¿Te acordás qué hicimos entonces?

Carlos sonríe con una cara de arlequín tonto. Sigue sonriendo hasta que las babas le salen de las comisuras y van cayendo, poco a poco, en el plato de las aceitunas.

—¿Te acordás qué hicimos? —vuelve a preguntar Jorge en voz baja.

Carlos vuelve a sonreír como enajenado y contesta.

— Je, nos abrazamos y nos pusimos a llorar. Je, je.

—¿Como ahora? —vuelve a decir Jorge en tono suave.

—Je, je —continúa Carlos en su borrachera—. Sí, como ahora.

Viernes, 11:54 a.m.
Carlos llora suavemente en los brazos de Jorge. El hermano mayor también llora.

Viernes, 11: 56 a.m.
Los dos están muertos.

San Juan del Murciélago
Domingo, 18 de setiembre, 2005.

JESSE HARDING POMEROY

En la bahía de Dorchester, la tarde de primavera
huele a conchas y a cangrejo.

El brillo del sol es intenso, pero no lo suficiente como para que la gente se sienta cómoda. Es el
tipo de tarde que todavía, con todo su resplandor,
no logra desechar el frío invernal que insiste en
refugiarse entre los pinos de la costa. El mar ha

estado congelado durante tres meses y las secuelas de esos hielos ahora perduran bajo las olas y los juncos.

Sin embargo, estos pantanos al sur de Boston no son del todo solitarios. Horace y Jesse, tomados de la mano en lo que parece la caminata vespertina de dos hermanitos, vienen paseando alegremente por uno de los bancos de arena. Los pocos transeúntes con los que se topan no pueden dejar de notar la asimetría entre los dos muchachos: Jesse, el mayor, viste como un chico común de trece o catorce años —es decir, sin lujos pero tampoco en harapos—, mientras que Horace, el pequeño, resulta ser el verdadero espectáculo de entre los dos. Es un acolochado rubiecillo que ha sido vestido como si fuese para una gran fiesta, de esas que se dan en los barrios de Chelsea o Beacon Hill. Su sombrero de felpa negra con lazo dorado amenaza con irse a surcar los cielos, por lo que Horace debe sostenerlo firmemente con una mano. La camisa a cuadros rojos y blancos y el *knickerbocker* de terciopelo negro (con lazos atados justo por debajo de las rodillas) lo terminan de vestir y envestir como principito almidonado; un completo señorito de paseo en las zonas pobres y casi peligrosas de los suampos bostonianos.

Un viejo trabajador de los muelles, enfundado en sucias ropas de trabajo, pasa junto a los muchachos por la playa fumando una pipa rancia. Lo primero que nota es el rostro de Jesse. La emoción dibujada en los ojos del muchacho, un leve gesto de lo que parece ser expectación o impaciencia lo hacen pensar en la poca responsabilidad que suelen manifestar los niños.

—¿A dónde van? —pregunta con un gesto un tanto amargo.

—¡A ver un barco de guerra!

La respuesta emocionada de Horace lo convence de tener la razón: los niños son truhanes irresponsables. Sin embargo, puede que también sean de fuera de Boston porque no parecen estar ubicados.

—Van en dirección contraria. El muelle es hacia el Norte.

—Este barco está en la playa Savin —contesta el mayor un tanto seco, y luego continúa con su hermanito tomado de la mano.

Siguen la cresta de la costa hacia los pantanos del Sur, la zona de los desechos materiales de Boston, donde se encuentran las oficinas, bodegas y galerones de antiguas compañías ya inexistentes, la playa donde los pobres pescan y buscan otros alimentos.

El hombre los ve irse mientras el pequeño va haciendo piruetas de alegría. Se queda pensando en la respuesta del mayor, jala fuertemente de su pipa y luego suelta el humo en lentas bocanadas. Los barcos de guerra nunca atracan en la playa Savin. Deben estar perdidos. Luego escupe con desidia y sigue hacia el Norte, a la barriada de Telegraph Hill.

Al rato de seguir caminando, Jesse ve venir otro chico en dirección opuesta, un poco mayor que él, un joven de la zona, a juzgar por su ropa. El extraño de repente se dispone a confrontar a los "hermanos" tan pronto los tenga al alcance. No hay motivo por qué pelear, pero eso no importa aquí; pelear se hace porque sí, porque hay que defender el terreno ante estos visitantes del Norte que se creen mejores que los demás. Jesse también siente el encrespamiento de la tensión y se apresta para lo peor. Toca discretamente la navaja que lleva en el bolsillo y se siente más tranquilo.

Los muchachos están a punto de encontrarse cuando se oye un gran rugido en la distancia.

—¿Qué fue eso? —pregunta Jesse asustado.

El otro chico lo mira con sorna y desprecio.

—Cazadores de patos... en el pantano...

No ha terminado la frase cuando ve a los dos hermanos alejarse rápidamente por la playa. No entiende por qué se asustan tanto. Deben ser de afuera, de otra ciudad... Y el gran encuentro de pistoleros al atardecer que el chico se imaginaba se resuelve en nada. *El tiroteo de Hyde Park* se quedaba para otro día.

* * *

El sol de la tarde sigue dando su brillo pírrico, pues apenas calienta imperceptiblemente en esa primavera bostoniana de 1871. A pocos kilómetros de Jesse y Horace, el poeta Whitman también camina tomado del brazo de otro hombre por los muelles de Boston. Es Ralph Waldo Emerson, filósofo y amigo de Whitman. Emerson, el mayor de los dos, trata de explicarle a Walt por qué es conveniente hacer lo que él recomienda: sacar de la nueva edición de su libro ciertos poemas incómodos que no van con el resto de la obra, poemas que no serán comprendidos por la buena sociedad de su tiempo.

—Usted debe entender que no será juzgado por la calidad de sus textos, mi amigo Whitman, sino por otros motivos, digamos, más delicados.

Whitman se rasca levemente la barba y se desprende del brazo de su mentor. Camina directamente hacia el borde del tajamar y se queda ahí meditando con las manos cruzadas en la espalda.

—No sería honesto... —afirma suavemente.

Emerson lo mira con cierto cansancio y se sienta, tomado de su bastón, en una banca de hierro y madera contigua a su joven amigo. Mira cómo el viento juega con el cabello rubiblanco de Walt y luego se queda mirando una parvada de pelícanos que surcan el muelle en busca de comida.

—Tal vez —contesta Emerson—, pero es una opción necesaria. Su nombre podría quedar marcado para siempre por la infamia y el desprecio.

Solo el sonido del viento y de las aves en lo alto responde. Whitman juguetea discretamente con sus manos mientras trata de buscar una forma de explicarse mejor, de decirle al maestro que, sin los poemas que aquel propone sacar de sus *Hojas de hierba*, ya no serían hojas de hierba sino raíces de amargura y falsedad.

Emerson busca un recurso más para convencer al poeta:

—Piense usted en la manera que esos textos lo podrían afectar el día que usted se case, mi querido Whitman... Piense en sus hijos...

Walt se vuelve severo hacia el filósofo de Boston y lo mira directo a los ojos. El viento sigue jugando con el pelo y la barba de ambos.

—Maestro... yo no me pienso casar nunca...

Emerson calla y baja la mirada. Los pelícanos siguen chillando en lo alto mientras un buque de vapor hace sonar su sirena con oscuros sobretonos de averno. En la distancia, se puede ver que el día soleado pronto se va a encapotar, algo común en estas primaveras del Norte.

Whitman ayuda a su amigo a ponerse de pie y, nuevamente tomados del brazo, se van caminando por el muelle vespertino.

Walt Whitman le recita al filósofo uno de sus poemas del "Canto a mí mismo".

Emerson, a pesar del fracaso, escucha embele-
sado.

* * *

Hay más intrusos en los pantanos del Sur, cerca de la playa Savin.

Jesse ve como unos muchachos juegan pelota
cerca del mar y luego ponen los ojos en el joven
Horace. "Demasiado modosito para que le guste
jugar bola" se dice Jesse para sí mientras Horace
aprovecha la mirada que los otros han puesto sobre él para preguntar:

—¿Cuándo veremos el barco?

—Pronto, Horace.

—¿Y cuántos cañones tiene?

—Ya te dije, creo que seis.

Jesse toma a su amiguito del brazo y lo aleja
discretamente de los muchachos que juegan bola.
Uno o dos de ellos se les quedan viendo y no
entienden por qué la niña va vestida de hombre.
De haber estado más cerca comprenderían que
Horace Millen es un niño afeminado y no una
muchachita.

Jesse se aleja con su amigo por entre árboles
siempreverdes nacidos al borde del mar. También
vuelve a reparar en Horace con atención. Trata
de adivinar por qué los muchachos de la playa se
le quedaron viendo. El color del traje del niño le

recuerda al vestido de Katie Curran, la niña de la calle Dorchester, la que vivía justo frente a la familia de Horace.

* * *

Una negritud semejante cubre esta noche parisina de 1871. El mismo mundo, la misma gente, los mismos sueños.

Théodore de Banville ha salido al rescate después de despedazar "El barco ebrio", y Rimbaud ni lo inculpa ni lo perdona. No se puede uno andar con delicadezas ni nimiedades cuando el señor Mauté de Fleurville, suegro de Verlaine, ya viene de vuelta de su viaje de cacería. Para mala suerte de Verlaine y de su joven amante, los venados y las aves, los conejos y los zorros, fueron todos demasiado lentos. Ninguno pudo rasguñar al súper macho de la cacería, y este más bien ya viene de vuelta con su presa muerta, desangrada y lista para convertir en comida triunfal sobre las llamas.

Entonces Rimbaud decide que es hora de huir.

Lo hace por las razones más comunes del mundo: no quiere morir a los 16 años de un certero balazo en la frente; no quiere dejar su obra y su formación incompleta; y no quiere además, sobre todo (al menos por ahora), dejar la cama de Verlaine, su dulce y delicado Verlaine, el poeta más feo de París, pero ante los ojos de Rimbaud y de muchos parisienses, en ese momento el mejor poeta de Francia.

Así es que Arthur Rimbaud se desespera y Théodore de Banville sale al rescate. Le ofrece a Rimbaud el desván de su casa. Una habitación acondicionada para la servidumbre, pero actualmente desocupada.

Entonces Rimbaud se muda, Verlaine se salva y las mujeres de la casa, la esposa de Mauté de Fleurville y su hija, la esposa de Verlaine, la pasan difícil tratando de explicarle al insigne cazador el origen de la hediondez en la buhardilla. El experto pintor de paisajes murales Arthur Rimbaud les ha dejado —a modo de agradecimiento— una delicada marina de varios metros cuadrados en una pared del desván. Su técnica favorita: mierda de poeta *al grosso impasto*.

* * *

La madre de Jesse tenía una pequeña tienda de barrio donde hacía trabajos de costura y vendía pasamanería y abalorios. Katie Curran entró como un remolino una mañana de marzo y dejó tanto a Jesse como a Rudolph Kohr, el chico de los mandados, sin aliento y con fascinación.

Ambos muchachos de trece años, dos más que Katie, sentían una intensa pasión por la niña Curran. Jesse, como tendero e hijo de la dueña, de inmediato mandó a Rudolph a hacer mandados donde el abastecedor. El otro se fue de mala gana y dejó a Jesse solo con su cliente y vecina. Llevaba un vestido a cuadros negros y verdes, botines negros y una bufanda gris arrollada al cuello. Le explicó a Jesse que buscaba un cuaderno nuevo porque a partir de ese día tenían profesor nuevo, y ella quería también empezar con un cuaderno limpio. Sus manitas de niña coqueta se movían en todo sentido mientras subrayaba sus explicaciones y matizaba sus deseos. Jesse, por supuesto, la seguía con embeleso. La niña siguió contando que venía de la tienda de la calle Vernon sin topar con suerte, y era imperativo llevar ese día un nuevo cuaderno para el docente. El cabello castaño, largo y rizado, se le hacía para todo lado, lo que le daba a Jesse una fresca ventisca y un poco de tiempo para tender su celada. Hasta que finalmente se le ocurrió algo.

—Tengo un par de cuadernos en el sótano de la tienda, pero están un poco manchados de tintas. No sé si quieres verlos.

La agitación floral se detuvo por un instante.

—¿Tienen otra tienda abajo?

—En realidad es una extensión de esta —afirmó Jesse con fingido orgullo—. Puedes bajar conmigo a verla, si quieres.

Los ojos de la niña se llenaron de luz femenina. ¡Cómo disfrutaría de contarle a su madre lo de la tienda de debajo de los Pomeroy!

Jesse entonces abre la puerta del sótano y Katie se asoma lentamente a una completa oscuridad.

* * *

La absenta produce una borrachera pesada y a veces alucinante. O al menos eso es lo que los poetas decimonónicos afirmaban. Por eso fue tan apreciada por ellos, que buscaban desesperadamente el abrazo de la musa inspiradora entrando por las amplias ventanas de las sucias buhardillas de París. La niña de la sensibilidad eterna, a la vez pura y concupiscente; la dama toda ella vestida de natura. No dudaron estos buscadores de psicodelia en nombrar a la absenta como "el tercer ojo del poeta", "el hada verde", o incluso, "la sapiencia inmemorial".

Pues resulta que nuestro Paul Verlaine era adicto a esta sapiencia verde. Se arrastraba por las calles de París perseguido por monstruos escondidos en las sombras, seres deformes y tullidos, semiciegos y de fauces negras y babeantes. El poeta se agarraba de los postes y portones para no caer en el barro de la lluvia y poder seguir hasta la casa materna donde encontraría asilo. Más de una vez no lo logró, y las sombras cayeron sobre él una o dos cuadras antes de llegar a su casa. Su madre lo encontraba al día siguiente llorando, sucio y aún delirante, en algún callejón cercano.

Fue en una de tantas borracheras cuando Paul Verlaine, escribidor de versos exquisitos, amenazó a su madre con matar a sus hermanos muertos. La señora Verlaine había tenido dos abortos espontáneos antes de tener a Paul, pero se resistía a enterrar a sus bebés, y los había hecho meter en grandes frascos de alcohol que luego colocó sobre la chimenea de su sala. Pedía a todas las visitas que saludaran a los niños como si estuviesen jugando en medio salón, y nunca dejaba de limpiar los frascos y colocar flores en derredor de ellos.

Paul odiaba a sus grotescos hermanitos en escabeche. Le mortificaba tener que verlos como dos gallinitas desplumadas flotando en el líquido turbio de años de lenta descomposición. No eran cien ni mil, sino millones, las veces que le había pedido a su madre que les diera sepultura, pero la señora Verlaine se escandalizaba como si su hijo menor hablara de asesinato, de filicidio monstruoso, y se acercaba a los frascos en actitud protectora.

Pero la absenta lo puede todo. Esta noche Paul está totalmente embriagado y ha entrado en uno de sus ataques de furia alucinada. La madre no quiere darle dinero para seguir su borrachera entre amigos y putas de la Rue de Douai, por lo que el poeta recurre a la espada que guarda en su bastón, la misma que poco después Rimbaud utilizaría para herir a Etienne Carjat. La madre grita de pánico pero el hijo absentado no cede. Empieza a romperlo todo: muebles, cortinas y mesas, hasta que su mirada (desenfocada pero feral) cae sobre los pollitos humanos en la repisa de la chimenea. Las larvas antropomorfas parecen estar jugando con sus deditos sin darse cuenta de nada, o más bien, así es: en su muerte congelada no se dan cuenta de nada, ni sienten cuando la espada cae sobre ellos y los lanza al suelo haciendo que sus cuerpitos gelatinosos se muevan como si por un instante tuviesen vida. Pero es solo una ilusión. Pronto vuelven a su inmovilidad anterior y los ojitos de pescado continúan viendo hacia la nada.

La señora Verlaine está en un estado de pánico total. Los vidrios y el alcohol lleno de cosas putrefactas se esparcen por todo el piso, llenando la casa de un olor fétido mezcla de químicos y carroña. Paul y su madre se alejan de los fetos en la alfombra, pero la querella entre ellos no cesa. Verlaine sigue exigiendo plata para sus juergas, y la madre, llorando y enfurecida, se la sigue negando.

Media hora más tarde, Verlaine sale de la casa materna con algo de dinero en la bolsa. La madre ha cedido y le pide que no vuelva nunca más.

Pero el hijo estará de regreso a la mañana siguiente, triste, somnoliento y arrepentido.

Sin embargo hoy, todavía, está a tiempo para ver a Lucien, un campesinillo de la Borgoña que ahora vive en París mientras alquila partes exquisitas. Hace tiempo que Paul quiere partir ese melón en dos dulces rodajas y echar en medio de ambas una gran cucharada de azúcar. Y ya en la madrugada, después que la señora Verlaine haya recogido sus fetos semipodridos del suelo y haya limpiado la casa, Paul dormirá tranquilamente en una otomana, sobre el bello cuerpo de Lucien.

* * *

Jesse cayó en manos de la policía después de su alocada serie de abusos a muchachitos jóvenes. Había empezado por amarrarlos en las bodegas abandonadas de los pantanos y por torturarlos durante algunas horas. Los desnudaba y amarraba, los flagelaba, los insultaba y los obligaba a gritar obscenidades mientras él se masturbaba frente a ellos. Pero últimamente había ido uno o dos pasos más lejos. También había adquirido el hábito de punzar a los niños con su navaja y, por lo menos en una instancia, trató de castrar a una de sus víctimas. El niño conservó las bolitas gracias a que sus gritos fueron escuchados por transeúntes en esa zona de bodegas abandonadas. Los hombres localizaron el origen de los gritos y se encontraron con una mínima figura colgando de una viga, desnudo, pálido y sangrando.

El año y medio en que Jesse estuvo en el reformatorio fue un interno excepcional, todo un astuto joven modelo. Nunca provocaba un disturbio o algún pleito entre chicos, nunca participaba de actividades ilícitas y, lo más importante, llevaba a cabo todas las tareas que se asignaban con prontitud y esmero. Y aun así, tanto los muchachos menores como los mayores se mantenían alejados del chico Pomeroy. Quizás le tenían miedo debido a su violento historial hacia otros chicos, o debido tal vez a que tenía un ojo de mármol —una catarata en el ojo izquierdo que le daba aspecto demencial, casi demoníaco—; además, el joven supo aprovechar su imagen de *boy fiend* para protegerse de otros abusadores en el asfixiante mundo del reformatorio. Pero los adultos fueron otra historia. La profesora de música adoraba al muchacho, lo mismo que el alcaide y los guardias de la institución. Ante la insistencia de la señora Pomeroy, madre de Jesse, este salió libre al año y medio de haber sido internado.

Tan solo una semana después de empezar a disfrutar de su nueva libertad, Jesse Harding Pomeroy recibió en la tienda de su madre a la coquetita Katie Curran.

* * *

Junto a la fría ribera, los niños juegan a las rondas y a los soldaditos. Pero Nigel y Anna, los más pequeños, se han separado un poco de los demás. No quieren jugar con los mayores porque siempre les ponen trampas desagradables. Los obligan a aceptar castigos y retos que ellos a veces no entienden y les parecen injustos. Nigel se ha quedado mirando hacia el río y ve dos aves blancas surcar a flor de las olas como si fuesen a aterrizar de repente o estuviesen a la caza de un Messerschmitt enemigo. Pero las aves planean hasta desaparecer en la distancia, en la orilla, sobre lo que parece ser una islita blanca. Otras tres aves se acercan planeando y ahuecan las alas para desacelerar poco a poco hasta tocar tierra. A la vuelta de varios minutos, la islita blanca está cubierta de aves del mismo color albino, una *isla de los muertos* en miniatura, un islote de descanso en medio del pardusco Río Ouse, siempre ominoso y enlodado en las primaveras.

Los niños grandes llaman a Nigel y a Anna para que se unan al juego, pero los dos pequeños permanecen quietos en medio de la bruma vespertina. La islita se está acercando a tierra, cada vez más cerca, hasta que atrae la atención de los demás chicos. Pronto todos los niños se reúnen en la ribera para ver la isla que se aproxima. Las aves la han ido abandonando conforme se acerca más a la ribera. Erwin, uno de los niños mayores, consigue una rama de árbol larga y delgada para poder tocar el bulto blanco y arrimarlo a voluntad hacia la ribera lodosa. Sus primeros intentos no hacen más que espantar las aves, pero pronto parece que engancha con algo y el chico empieza a jalar la masa hacia tierra. Entre las cosas que se pueden ver de inmediato hay un poco de tela, un abrigo o un vestido ajado y roto que se prensa entre las ramas. Erwin jala la prenda con su palo y de pronto hay un burbujeo profundo, un sonido gutural y hueco mientras algo dentro del agua empieza a dar vuelta. Se levanta una garra aterrorizadora y los niños gritan espantados. Nigel y Anna salen corriendo junto a otros niños, pero Erwin y los mayores no apartan la vista del monstruo de las profundidades que poco a poco va surgiendo. Es un cadáver animal, o algo parecido, que está hecho de algas, hierbas y carroña. Un ojo saltón baja por un rostro de limo mientras algunos peces brincan del cuerpo hacia el agua, atrapados por el desalojo repentino que ha caído sobre su gran caza. Erwin pide ayuda y varios chicos lo ayudan a sostener la presa, pero esta de repente empieza a convulsionar y los niños gritan otra vez aterrados; mas el joven Erwin no suelta la rama, a la vez que incita a sus compañeros a hacer lo mismo. Algunos se alejan asustados, pero Garth y Jules, incondicionales de Erwin, controlan mejor el miedo y lo ayudan a sostener la infernal presea (y de paso lucir ellos muy valientes en medio del pánico). Los demás siguen mirando desde cierta distancia. El vientre del monstruo continúa moviéndose como si tuviera algo vivo adentro. Los giros hacen que todo el cadáver se bambolee como una presa descabezada. Pronto, por entre pliegues de ropa, hace su aparición una anguila de mirada voraz. Ojea brevemente a los niños y se deja caer al agua casi sin chapoteo o salpicadura.

Erwin pasa la rama de árbol a Garth y Jules y, sin decir más, se dobla en la ribera a vomitar. (Tal parece que el más valiente no ha salido como el más triunfante). La pestilencia de la bruja del río es intolerable y todo el aire se llena del nauseabundo olor de la carroña. Los demás chicos ayudan a arrimar la "isla" a la ribera y luego salen corriendo para el pueblo a avisar a los mayores. Erwin, ya recuperado, se queda en el río para custodiar el cadáver de Grendel.

* * *

Antes de que Katie Curran pudiera gritar, Jesse había sacado su navaja de bolsillo y, tomándola por detrás de la barbilla, le hizo una amplia herida de extremo a extremo. La sangre emanó al tiempo que la niña trataba de gritar. Pero solo gorgoritos de sangre y espuma le salían por la tráquea abierta. Temblaba y convulsionaba salvajemente y, aun así, Jesse la sostenía bien desde atrás para que el cuerpo no se fuera rodando de frente por las escaleras. El trabajo de ayudarla a bajar mientras agonizaba no fue fácil para el chico, aunque la víctima solo fuese una niña de diez años. Katie, a pesar de su ligereza, se convertía poco a poco en un bulto pesado y además resbaloso, por el constante fluir de sangre desde la garganta.

La chica parecía querer decir algo. Se tocaba el vestido verdinegro y veía como la sangre iba cambiando totalmente la disposición de los colores. Ya no era negro ni verde sino una mezcla de colores que mareaban con solo verlos, una suma de líquidos y brillos satinados que bajaban silenciosamente por el cuerpo de la niña.

Antes de que Jesse pudiera sentarla sobre un montículo de cenizas en un extremo del cuarto, Katie Curran dejó de respirar. Estaba muerta pero seguía sangrando. El chico le tocó el cabello y se dio cuento de que ambos, sus dedos y el cabello de la niña, estaban cubiertos de sangre, un líquido mórbido y oscuro que cada vez se hacía más frío y pegajoso. Con un rápido rasgado de su puñal abrió la blusa de la chica, pero no pudo discernir casi nada. La catarata de sangre por esa parte había sido mucha: grumos enormes se adherían a la ropa, al punto de que la piel tersa y blanca estaba totalmente invisibilizada. El chico tornó su atención entonces al rostro de Katie. Parecía un ángel de Navidad: cara inexpresiva que solo dejaba ver la inmensa hermosura de la niña, comisuras marcadas y labios en forma de arco de Cupido, colochos castaños y vivaces que tan solo se oscurecían en la parte inferior donde habían sido atrapados por la sangre. Ahí se convertían en lanzas de terciopelo rojo y afilado.

Sí, toda ella era perfectamente angelical... ¿O no? Jesse de pronto comprendió que nunca había visto la belleza completa de una mujer.

Con tajos más o menos certeros fue desnudando a la niña, hasta que su enagua y la combinación poco a poco cedieron. Jesse no comprendía mucho lo que estaba viendo, pero también estaba completamente abstraído por la curiosidad. Era como deshojar un fruto mágico, algo bello y arcano que poco a poco va cediendo su misterio.

La cuchilla lentamente develó una pequeña vagina inmadura, una rayita en el universo de lo místico que —ahora Jesse lo siente— exhala su propio aroma, crea su propia atmósfera y condiciona a cualquiera a aquellos sueños de absenta de los que hablan los poetas.

Pero también hubo mucha decepción. Más allá de cierto punto, el niño no pudo encontrar en Katie sino más y más grumos sanguíneos saliendo de su vaginita y de las zonas circunvecinas que la cuchilla también había explorado. Tal pareciera que por dentro todos somos solo sangre y tejidos indistintos.

Jesse empezó a entristecerse, primero, y luego a frustrarse. Miraba el cuerpecito, ahora con varias "vaginas" entre las rodillas y el ombligo, y se sintió defraudado. Katie no merecía permanecer tan hermosa. Así pues, con un giro violento del brazo, le sacó un ojo a la niña... y luego el otro. El ángel ahora parecía llorar para toda la eternidad.

Sin mucho detalle o preocupación, Jesse Pomeroy se ocupó durante unos minutos en cubrir el cuerpo de la niña en las mismas cenizas sobre las que la había acostado. No fue un trabajo experto de encubrimiento, pero tampoco nadie jamás bajaba al sótano; solo el mismo Jesse cuando quería fumar o masturbarse a escondidas de su madre.

* * *

Abril 20, 1941. AP. Londres.

HALLADO EL CUERPO DE LA SEÑORA WOOLF

El doctor E.F. Hoare, médico forense de New Haven, Sussex, determinó que el ahogamiento de Virginia Woolf fue el resultado de un suicidio. La señora Woolf, novelista de 59 años, había huido de su casa en Bloomsbury, Londres, al quedar esta inhabitable por los bombardeos. Ella y su marido, Leonard Woolf, se habían trasladado a un nuevo domicilio en la misma zona, pero de nuevo fueron desahuciados por las bombas alemanas. Como último recurso, se trasladaron a la pequeña comunidad de Rodmell en Surrey, donde la pareja tiene una casa de verano. El cuerpo de la escritora fue sacado anoche del Río Ouse, dando fin a tres semanas de desaparición.

El señor Woolf declaró ante las autoridades que su esposa tenía un amplio historial clínico de depresiones y otros malestares anexos. Ella dejó varias notas a sus familiares.

La señora Woolf había desaparecido el 28 de marzo.

* * *

La muerte de Horace Millen no fue rápida como la de Katie Curran. Contrario a toda expectativa, el niño opuso tanta resistencia que se había enterrado las propias uñas en las palmas de las manos. Esto significa que fue víctima de intensísimo dolor y que su muerte fue lenta y prolongada.

Cuando las autoridades le preguntaron a Jesse por qué había cometido estos dos crímenes, el niño miró hacia el vacío y después de unos instantes respondió:

— Yo no sé...

Y luego, con repentina cara de angustia, agregó:

— ¡Pero, por favor, no se lo digan a mi mamá!

* * *

Jesse no fue condenado a muerte debido a que era un niño. En cambio, fue sentenciado a cadena perpetua en aislamiento. Estuvo en prisión 62 años, y ahí finalmente murió en 1931. Se auto-enseñó a hablar español y escribió un par de libros.

Siempre afirmó obstinadamente que era inocente.

La Mirada,
22 de diciembre de 2010.

Fin de *Teoría del caos*

* * *

San Juan del Murciélago, enero 19 de 1987.
La Mirada, California, enero 7 de 2012.

Tabla de contenidos

III. The Deepest Shade of
Mushroom Blue

IV. Diamante Loco